The Yellow Room

[英] 乔治·西尔泰什 著

George Szirtes

程一身 译

黄色房间

广西师范大学出版社
·桂林·

黄色房间
HUANGSE FANGJIAN

Copyright © George Szirtes, 2016
著作权合同登记号桂图登字：20-2024-030 号

图书在版编目（CIP）数据

黄色房间 /（英）乔治·西尔泰什著；程一身译. --桂林：广西师范大学出版社，2024.6
书名原文：Mapping the Delta by George Szirtes
ISBN 978-7-5598-6916-6

Ⅰ. ①黄… Ⅱ. ①乔… ②程… Ⅲ. ①诗集－英国－现代 Ⅳ. ①I561.25

中国国家版本馆 CIP 数据核字（2024）第 087733 号

广西师范大学出版社出版发行
广西桂林市五里店路 9 号　邮政编码：541004
网址：http://www.bbtpress.com
出版人：黄轩庄
全国新华书店经销
广西广大印务有限责任公司印刷
桂林市临桂区秧塘工业园西城大道北侧广西师范大学出版社集团有限公司创意产业园内　邮政编码：541199
开本：787 mm × 1 092 mm　1/32
印张：13.125　　　　字数：114 千
2024 年 6 月第 1 版　2024 年 6 月第 1 次印刷
印数：0 001~5 000 册　定价：58.00 元

如发现印装质量问题，影响阅读，请与出版社发行部门联系调换。

献给克拉丽莎,以及子孙们。

诗歌的发现[①]

——第十一届"诗歌与人·国际诗歌奖"答谢词

亲爱的朋友和写作同行们：

我无法向你们形容，获得"诗歌与人"这个卓越奖项，我是多么受宠若惊，尤其是考虑到以往杰出的获奖者，如诗人托马斯·特朗斯特罗默、托马斯·萨拉蒙、亚当·扎加耶夫斯基和丽塔·达芙。这是一流的聚会，跟随他们似乎是大胆厚颜的行为。对于这个伟大的殊荣，我主要感谢诗人黄礼孩和我的中文译者程一身，他们使我此刻站在你们面前成为可能。我本人也是诗歌和小说的译者，我知道没有人像译者那样仔细阅读一部著作。我们依靠翻译来了解彼此的世界、思想和心灵。

---

① 2016年11月，乔治·西尔泰什获得第十一届"诗歌与人·国际诗歌奖"。

十七岁时,我突然开始写诗。从1956年匈牙利事件起,我的家人就成了难民,没有人预料到我致力于诗歌。开始时,我还在求学。决定诗歌会成为我的生命时,我确切地记得我站的地方,在与谁交谈。我并不知道这将意味着什么,因为我没有读过很多诗,正在读理科。我只是感到,在我的生命中第一次,我已经解决了重要事情。我立即买了一个笔记本开始写作。我购买诗集开始阅读。

诗歌的魅力何在?我认为诗歌能清楚而真实地表达生活中的复杂事物,尤其是当生活似乎过于复杂、说话完全无效时。我早年买的一本书是企鹅版的中国诗歌,由罗伯特·考德威尔和诺曼·L.史密斯翻译。书中最后那首诗是由生活在1900至1999年间的流行女诗人冰心写的。它叫《爱》。其英文是:

> 为了逃避爱的思绪
>
> 我穿上毛皮大衣
>
> 从灯光明亮的安静房间跑出来

在一条小路上

明亮的月亮窥视;

而枯萎的细枝在白雪覆盖的大地上

晃啊晃,每个地方都写满了"爱"。①

    这是诗歌所能做到的一个极好范例。这首诗携带着真实、深刻、个人的感情,把它寄寓在自然的原型细节里,对存在的状态揭示出某种新东西。实质上它只是告诉我们那个古老的真理:当我们试图逃脱某种事物时,我们往往会直接陷入其中,但它

---

① 英文略。据刘福春先生比对,这首诗是《相思》,原诗如下:
躲开相思,
披上裘儿,
  走出灯明人静的屋子。

小径里明月相窥,
枯枝——
  在雪地上
    又纵横地写遍了相思。

使这种真理新鲜、令人震惊，并使人深受感动。它从陈词中救援思想。它似乎是从纯净的空气中割下的。

在这五十多年的诗歌写作与翻译中，我常常琢磨我自己为什么一直用这种无利可图而且并不流行的形式写作？为什么我持续感到我的生活需要这样做？各种想法向我涌来，或许我可以用简单的句子和你们分享一下。

我们爱上诗歌，因为在特定的时刻，对我们来说它似乎是：

我们的生活感受是复杂的，分层的，矛盾的，但我们感到说出它的某些真相是可能的。

这样一种警句可能是清晰的、广阔的，甚至是破碎的，但它可能会在歌曲和故事之间的某个地方存活下来。

诗歌的真理不会是一条因果链，不是一个结果，而是一种存在的状态。

词语与事件之间的空间似乎不可逾越，但有时当词语结合在一起，它们就会形成一种独立的平行生活。

语言生活并非活过的生活，而是对活过的生活的感受，一种把生活作为目标的渴望。

语言是个荒唐的工程，因为就像结构语言学家认为的，我们发出的声音和它们代表的事物之间并没有必然的联系。

然而，一个词或短语可以在我们头脑中产生共鸣，而无须完全解释它自己。

词和短语造成形式以及叙事和争论。

我们这些受苦受难、辛勤劳作,生命短暂的人,可以为我们的处境创造有意义的形式。

那些哀悼死亡或庆祝婚礼或出生的人不可避免地转向诗歌,因为它不仅满足仪式的冲动,而且满足意义的实现感,如果不是完全实现,仍是追求意义的一种有效方式。

甚至那些从不读诗并声称不喜欢诗的人也知道诗是什么,当他们惊呼某个美丽的事物是"纯粹的诗"时,就是对诗的赞美。换句话说,当他们在几乎任何一个普通人的行动中看到它时,他们就认出了诗:在某人拐弯或下楼梯的方式里,一只猫的眼睛发光的方式里,一片树叶飘向大地的方式或一座房屋投下阴影的方式里。

所谓的魔咒依赖词语的效力,反之,词语的效力可能生产魔幻感。

我们心头可能时常萦绕着对我们来说似乎是神秘的另外的事物,在渴求它时,我们可以用于恰当形式里的词语对它施行魔法,这就是诗。

我们与过去的联系可以在当下得到体验,这样我们不仅可以与自己的逝者成为同志,还可以通过共同的诗歌体验,与那些我们从未谋面的人和早于我们生活的人成为同志,并体验与我们同代人的团结。

我们生活在浩瀚无垠的星空中的一颗小行星上,生活在难以理解却又拥挤不堪的虚空中,却可以张开嘴巴向宇宙歌唱,并以此来解决我们自身的问题,这无疑是令人惊讶的事情。

*

就个人而言,我已经写了很多形式匀称的作品,因为我感到一种对秩序的渴望,同时又矛盾地渴望打破它。我感到,能量是那些相反欲望之间冲突的结果。我有时想,或许我对秩序的渴望源于移民的不安全感。或许源于布达佩斯街道的美丽与整齐,我出生在该城并在那里生活到八岁。但后来,在其他时候,我想让我的思想随某种冲动自由驰骋,看看那种冲动会把我领到哪里。如今,我想,在我所谓的晚年我感到这种渴望比以往任何时候都更强烈。

一首短诗,《水》——一首十四行诗——可能表达了这类东西。它源于一张照片,其中一个穷人在石盆上捶打他刚洗的衣服,同时在他后面,在他看不见的地方,水的完美弧光在升降,请允许我把它读一下。

水

水的严苛美丽规则是这些:
它会随位移上升,而一个男人
不会,他的家人也不会。它没有计划
或诡计。在寒冷中,它会冻结;

在高温中，变成蒸汽。在河流与海洋中
它会携带病菌与明亮欢快的鱼。
它会咆哮或蜿蜒流过大城市的
市区，同时倒映着天空、建筑物和树木。

它会清洁并更新我们，甚至当我们
在石盆上劳作或在避难所里畏缩
或在某个绝望的营房奔向爱人的怀抱
老鼠也在那里奔跑。它会拥有
统治权。它会在阳光下弓起背部
只是根据水的严苛规则。

最后，让我为这份殊荣再次感谢非常优秀的诗人黄礼孩和我的"诗歌与人"的译者，也感谢你们的倾听。

目 录

绘制三角洲地图

绘制三角洲地图 003

在电影院大厅里 007

中欧 009

巴托克 010

三十年代 012

福岛
——为冯启明而作 015

后殖民行动 026

族长 028

题奥登一行诗后 030

为陈词辩护

 酒吧里的男人   033
 为陈词辩护   036
 当我们谈论谈话时我们谈论什么   039
 失眠   041
 殴打   044

怒气

 怒气
 ——*仿波德莱尔*   049
 男孩国王的故事   051
 笑声   053
 认识哈波   054
 在心的国度里   057
 极简主义者   059
 案件记录   060
 当恶人来临……   063
 伊甸园   066

微型纪念碑：一种地形学

——献给安塞尔姆·基弗　　　　　　　　　　069

醉舟

醉舟　　　　　　　　　　075

贫民窟　　　　　　　　　077

胡扯　　　　　　　　　　078

皇家街　　　　　　　　　079

在城市里　　　　　　　　080

在桌子的一角　　　　　　082

谨慎　　　　　　　　　　083

城市快照　　　　　　　　085

布鲁诺·舒尔茨，她说

布鲁诺·舒尔茨，她说　　　　　　　　　093

论天使　　　　　　　　　　　　　　　　096

关于弗朗西斯卡·伍德曼的九次沉思　　099

就像那个原始的引擎　　　　　　　　　103

投币式自动播放点唱机

辛苦一天的夜晚　　　　　　　　　　109

梦之岛　　　　　　　　　　　　　　110

以吻封唇　　　　　　　　　　　　　111

干草堆中的针　　　　　　　　　　　112

你已失去那爱的感觉　　　　　　　　114

照在你身上的疯狂钻石　　　　　　　115

无处可逃　　　　　　　　　　　　　116

披着狼的衣裳

狼读者

——*献给玛丽琳·海克尔*　　　　　119

天堂花园　　　　　　　　　　　　　121

在动物中间　　　　　　　　　　　　124

体内的动物　　　　　　　　　　　　128

布莱克歌谣

跳蚤的幽灵　　　　　　　　　　　　133

阿尔比恩的女儿之幻象　　　　　　　135

保姆之歌	138
病玫瑰	139
对《地狱的格言》的九条注释	141

求偶

求偶	147
论美	150
她告诉我什么是美	152
魔幻现实主义	155
银色	157
在旅馆房间里	159
无意中听到	161
迂回	
——献给凯瑟琳·玛丽丝	163
非法:梦幻的故事	
——通过阿图尔·施尼茨勒	164
施尼茨勒的箴言	171

焦虑

鬼火	177
论迷失	180
在火车窗口	183
火车头转向	186
命名和羞辱	189
树叶	192
玻璃	195
萨福变奏曲	198
焦虑感,它从未完全消失	
——献给伊莱恩·范斯坦	203
声音	205
黄色房间	207

灾区:洪水

事件	229
汹涌	232
倾听天气	235
雨伞	238

但是	241
残骸	244
新洗物之梦	247

自由的数学——献给丹尼斯·加博尔

全息图	253
自由的定义	258
零钱	261
牛肉	262
营养价值	264
永恒	266
仪器	268
光的全息图	272

灾区：失联者

灾区	277
一架低飞的飞机	280
飞机跑道	282
失联者	285

挽歌	288
单数	291
退格键	294
货物	298
书	301

静止

静止	307
冰帽	309
马格里布	311

酒店开业

和弦与装饰音	315
盛开	318
南方	321
芬兰四重奏	324
关于照片的笔记	327

伦勃朗

伦勃朗	333
明亮的房间	336
虚无	339
景观房	342
拍摄死亡	345
哀悼：一幅素描	348
黑客帝国重装上阵	351

分叉的舌头

卡德蒙	357
复调	360
和警察的一次话语交锋	363
把它交给我们	366
好狗声音	369

一本忧郁的小书

谁蹲下……	375
一首吹啼呐	376

一本忧郁的小书 378

一首匈牙利民歌 381

一张照片 382

译后记：百变诗人的诗艺剖面图 383

绘制三角洲地图

绘制三角洲地图

数月来,我们一直沿河而下
直到它分成密集的航道,
岸突然迫近,绿褐色的污点
伴着少数渔民在细流间

静默然后消失。起初它让人
迷失方向。我们喝醉了当地的葡萄酒
不习惯游逛和等待。
没有路标和指示牌,我们都迷路了。

随后一条新航道开通,一条
很像我们的船出现并迅速开过来。
然后是另一条。船头船尾处处
都是船和水,输送

更多的水。在潮湿的空气里
我们无处不在又无处可去。

*

谁能界定这条河？谁能拥有
这条小河当它流淌，当它不断扩散
随支流上涨。可有人淹死在
它汇合的河口或使这条河停下来

欣赏它自身？它流过的城市
是类型单一的居民点。我住在那里
走过堤岸，它们曾是新的
但如今旧了。它们并非到处都有。

我们需要地图去定位回荡着
鸟鸣与转调的三角洲的声音，
定位铺展在充满虚构
颤音的两地之间的沼泽地。

船载满了喂养海洋的脸。

流动的水,变成定点。

*

瓣蹼鹬,白鹭,鹴鹏,鹈鹕,麻鸦
和苍鹭,火烈鸟,箆鹭,朱鹭,熟悉的
动物群的名字,话语的熟悉
模式,绘制完善的语言游戏的地图……

我们有浓浓黑咖啡的不断供应
保持我们前行。我们摊开地图
命名更多动物群,歌队歌复歌
这三角洲在歌唱它假定的版本。

这条河正被绘制地图但此刻潮水上涨
持续升高,从土地的舌头之间流过
伴随它自己的观念、闪烁的歌唱
浮现在闪光的河口里。

没有详尽的语言。地图是个开端
可以收集一颗想象的心的河岸。

在电影院大厅里[①]

1.

我站在我心灵的大厅里

在柱廊下的瓷砖地板上。

大理石、帷幕、枝形吊灯、经理。

当声音传来时,整个巴洛克风格

就像一枚巨大的婚礼蛋糕,让你沉默。

它们是童年游戏的电影

幕间休息前的恐怖时刻,

此时此刻永在流逝

[①] 原诗押韵规律如下:第二节第五行与第一节第一行押韵,第二节第四行与第一节第二行押韵,第二节第三行与第一节第三行押韵,第二节第二行与第一节第四行押韵,第二节第一行与第一节第五行押韵。

变换着我们的父母制作的镜头
让我们耳聋,使我们疯狂失明。

2.

那是个迷人的时代:首次演讲,
歌曲,和舞步,服装明亮
如银河,大师们的编舞
预示着战争后期的景象。
它活泼、可畏、完美、喧闹,

在我心中我是浩大人群中的一员
仍然在门厅或酒吧里推推搡搡。
壁柱周身装饰着穿绸缎的精灵
她们就在那里度过漫漫长夜,
毫不介意枪炮声或屋顶漏雨。

中欧

他们多么值得钦佩,这些清醒的绅士
长着银发,留着爱国的胡须,
他们笔直的背,他们悦目的、略带恶意的
微笑,他们的权力,他们安静的诉苦。
他们确实是这个民族的灵魂,
指望让我们确信并力求看起来让人放心,
正直的榜样,赞美的对象,
他们总在那里,是人民
持久的脸庞,这个民族为之而斗争。
你不能想象他们持枪跨越壕沟
查看一排尸体,没门儿!
他们不会打垮卑鄙的敌人,
他们只是把他们整理一下,像节目中
一个不幸的小差错,然后拉直他们冷静的灰领带。

巴托克[①]

算不上时髦,他们戴帽

和穿背心的方式,在泥泞中吃力行进

或聚集在小酒馆。很难为他们唱的歌

评分,怪异的尖叫声和重击声,

那鼻音的哀鸣,他们存在的

原始复调。你不得不把它都录

在最新设备上,为演出给他们

大笔金钱,听他们给魔鬼

打电话诉说真正的心声,

他面对舌头的粗糙边缘的忧郁。

将他们奇异发狂的丝弦变成音乐厅

这不可能容易。它是知识

但并不像我们认识的,也非它所愿。

---

① 巴托克(1881—1945),匈牙利作曲家。

它发出尖叫声,啪啪作响,像刚射出的子弹。

音乐是战争。它是进入指定
位置的枪声和男人在壕沟里的
呼喊。音乐是预言。一旦
它停留在耳朵里最坏的必然发生。
那些女人是嚎叫的风。雨
是快捷的来复枪。音乐厅被毁坏,
这个世纪被吹得大开。军用运输列车
从不会到达,没有什么会联系。
野蛮人总是守在门口,
但他们就是我们,此刻我们突然想起
我们遗忘的东西。我们晚了:
我们的村庄是尸体和烧伤的肌肤。
一个声音响起,那是我们共有的声音。
此刻我们打算倾听。此刻我们做好了准备。

三十年代

又是三十年代。商店的门
朝饥饿和乞讨汤水的长队敞开
穷人,由同样半空的商店提供衣服,

衣着破烂的一群站在门口周围;
失业者醉卧在火车站,
战争的谣言不断循环。

复仇女神耗尽了耐心
变成低声咒骂,失落者
迷失在自己的心事重重中。

在野蛮的办公室,生活
费用被那些需要最少
获得最多的人估算到便士。

帝国的魅力是最后的辩词。
电影院靠借来的权力玩的全是
末日游戏。甚至我们的梦也很密集,

把我们挤出每个空房间。
我们因为缺房租被对方撵走
我们是经济繁荣的破碎残骸。

知道这一切都不是故意的,
不完全像世界证明的那样
而是一种幻想的预感,

没有任何安慰。没有人会怀疑
正在发生的事情。大海空了
光从中闪现。一声遥远的叫喊

传到这里,时间之水的
化装舞服如潮汐,街上的人群

推撞着倾听煽动者的演讲。

这个麻烦的世界在哪里还能遇到?
为什么水涌向大门?
喧闹的波浪拍击着谁家潮湿的墙?

福岛

——为冯启明[①]而作

1. 吊索

它们在散播财富。

你可以看到它在数英里内发光。

这是珠宝三明治,珍珠鸡尾酒。

到处都是丰富的食物。

看向风暴之眼。

闪电在那里闪烁

它也是灿烂的。它模糊、照亮

冲刷、毁灭。

[①] 冯启明(1972—),新加坡诗人、作家、编辑、翻译家。

2. 复杂状况

沿街而下的碎步小跑,

疾雨频吹,

虚空的云。

室外的炎热

与室内的炎热几乎一体。

我们随身携带着它。

很难弄清

存在的什么尺度

栖居于我们心中。

我们扩展在数英里

开垦地的光里。

我们观看暴风雨来来去去。

我们被巨大的

天空占据。

这很复杂。

3. 一本打开的书

这里的智力是焦虑。哪里不是呢?
我们不敢心碎,因为怕发出噪声。
这种噪声很粗俗。看到天空凝结
变暗,我们冷酷以对。男孩子
在书桌前。女孩子在忧郁中昂首阔步。
此刻书打开了,此刻它们又合上了。

4. 独奏大满贯

我不是空气。我是皮肤。我是
一个练习赤裸的声音。
我跺着脚把我自己投向你。

我宣读通常低语的东西。

我是我说话的方式是我叫喊的方式。

我是明示的暗示。

我是玻璃上的昆虫。

我是你不得不折断的叶子。

我是你眼睛后面的疼痛。

这是我新的宣泄模式。

这是我的体积、皮肤、空气、肉体。

我已经在你们中间了。

5. 口号

你上次投了赞成票：你会再投赞成票。
你可以把它浸泡几十年，永远不用担心
效果。这是礼貌方式的一部分，
不冲着你吠叫。现在你可以看那变暗的
云上的污渍。可能会打雷也可能不会。
气候稳定。没有冬天这种东西。

6. 季风

雷声滚下
它自己呼吸的山坡。
黑暗变得僵硬。

如果你现在保持静止
它就会无视你。闪电
会掠过你的头顶。

雷声
在和别人争论。
那是别人的声音。

黑暗中
有另一个存在。凝视
它失明的眼睛。

它们越过你

看到一个如此广阔的空间
一个声音可以永远

产生回声。雨珠的
微小自我,失去嘴的舌头,
雷声的利齿,

和一个深深的胃
部分是声音,部分在燃烧,
都聚集在那里。

气息、密度、光线……
雷声知道它们的名字,还有你的名字
但会忽视。

雷声不会从雨中
呼唤你,或在敞开的
门前遇到你。

它不是为你准备的。

雷声有优先考虑的事。

你不是其中之一,

但它住在你身体里

仿佛你是回声

渐渐平息。

7. 舞蹈

你不想要美元,你不想要木瓜,

木瓜免费,唱歌跳舞,现场直播,

充满活力、低能、无可挑剔、严肃,

大使风范,热情洋溢。你想要火

和大海,你想要悲伤和年轻,

或者说,她用自己的语言歌唱死亡。

8. 忧郁像水果

你可以全部买下
但仍缺少一些东西
比如说,木瓜。

我现在想
一种终极的甜蜜,
我想到了爱,

以及爱带给我们的
感官领域。它是语言。
是你怀念的对象

即使没有木瓜
或没有番石榴,没有
表示你能听到的

神秘哭泣的

任何词的

冷甜音符。

9. 福岛

它快乐而仁慈。是友善的灵魂

之地。把事情做得恰到好处

并继续这样做。但在深夜

能量耗尽了。每只手

都挥舞着想象中的斧头。海水

在海湾里高涌。商场正在枯竭。

10. 片段

我用片段写作

他写道。生活是破碎的。

这也是片段。

云不断堆积而破碎

变成越来越柔软的
光块,深深的碎片

就像一个未写的
句子,永远等待着
被完成。

你可以听到笑声
或看不见的鸟的歌声
啮合然后分离。

我们应该完成它们。
我们应该结束我们的句子。
我们应该弄清楚

所有这一切。是的,
但这将意味着完成
思想,而思想拒绝

在头脑中安定下来。

这就是我们现在的处境。这里,

无论这是哪里,

它同时是几个

地方。我们必须更努力地

工作。我们必须停下来。

11. 一个地方

你可以用刀切开空气,它却柔软得

像羽毛枕头。你可以吃掉你的生命

却害怕黑暗。你可以快乐地飘

过街道。你可以沉思悲伤

就像通过你银行账户的显微镜

观察一个生物,仍然保留一些希望。

后殖民行动

九月。清晨。
这里是和平的王国,
苍白而严肃。

外国语言
在角落里盛开。远处
明亮的花。话语的行为。

在这个炎热的岛上
食物被供应,椅子被擦干净,
民族建筑突然涌现。

一个人想到天使
以他们不可能的角度
滑入语言。

在语言之间

炎热的日子用简单的词语

解释它自己。

清教徒关闭

心灵的电影院,

对着光吼叫。

进入九月。

进入易碎物。进入夜晚。

进入钟表的脸。

返回帝国。

返回流逝的古老仪式。

迟到的太阳。黑暗。歌。

族长

你看见他们在梁上栖息成一排

高出这个城市。他们没有保护带,

没有安全护栏。他们在用力咀嚼三明治

由他们的妻子在六十层楼下备好,

或从清晨的小货摊买到。从那里

他们俯瞰世界像没有权力的神,

像不能飞的麻雀或风吹过的碎纸片。

在学校,当问及职业,他们回答:

这,这大梁,这令人头晕的高度,这工资,

这啤酒,这些三明治,都是我们渴望的,

生命短暂,常常变得更短,

偶尔意外并且总是危险。这自豪感

我们很精通,这自我与空气的凝聚,

这,和父亲的身份或生计,酒吧

或小巷里的争论,胜利或惨败的笑话

讲给同样高的房梁上的众神听。

我们生来为了它，献给它，它是我们的岗位

和骄傲，我们的工作原则。领班

在我们中间阔步，老板同意计划，

食物出现在我们的盘子里。这是我们的地盘。

都市的风吹拂在街道之间

它们尚未上升到充分的高度。我们悬挂

在楼层之间像装饰品，一枚等级的奖章

挂在衣服破旧的胸膛。这是我们的选择。我们做
  到了。

然后他们下降，一个接一个，沿着更多的房梁，

下台阶，抵抗着地心引力，因为他们不得不这样做。

题奥登[①]一行诗后

关于受苦这古老的杂种
  很少出错,
将我们的肉体变成尘土,以便我们
  将那尘土变成歌,
它们自己的歌成为那种我们
  不得不跟着唱的歌。

[①] 奥登(1907—1973),英裔美籍诗人。

为陈词辩护

酒吧里的男人

我们商谈
陈词的贫瘠岩石,
绕过陈词。

岩石,漩涡,沙丘:
隐喻是它们自己
不稳定的象征。

当然大海,是的,
回头浪,是的,潮汐的
阻力,某种合理、

痛苦而可怕
之物的汹涌
是的,我们是认真的。

看,有个吧台,
一个男人靠在它上面,
他发红的眼睛。

在那地板上
有个东西从他口袋里滑出,
一个东西那么小

它似乎不可能
成为任何事物的
隐喻。他醉了。

他在向自己
低语陈词。他
含糊地说话。大海

正在他周围涌起,
此刻达到他的腰部,涌起。

这也是陈词。

我们从未到那里。
从未精确。他
在梦想象征。

为陈词辩护

他用陈词谈话
因为当谈话艰难时
他至少可以谈。

他谈到他的损失,
谈到他的"天使",他的"阳光"
"他的生命之光"。

陈词是他的舌头
和他的心,在那激动时刻
是他整个人。

善于表达的人
能仔细选择他们的词语
并进行区别

但对他来说

并不存在合适的区别。

一切皆无区别

除了损失和

它的麻木之间的差异

但麻木并非语言。

因此他说陈词

不经学习他已记住，

就像一个人记住痛苦

有太多痛苦

从未停止谈话，

来回摇晃

像沉默那样

这孩子，本能地

沉默,

一个沉默的陈词,
死文字的温和
在寻找死者。

当我们谈论谈话时我们谈论什么

有人谈论事情,
有人谈论别的事情,
有人谈论人。

有人根本不谈
只是耷拉着脸假装
不听谈论。

有人被引诱陷入
一场空洞的交谈
却不能完全退出。

看到那边那个青年人了吗?
瞧他的嘴在动。当他试图讲话时
瞧他的手。

有些话一定被说

但在弄懂它是什么之前

它就逃脱了。

有些难以捉摸的话

在说出之前

就被抛弃在空气里。

可怜那语塞

伴随着他们的手势

和他们僵硬的白嘴唇。

宣传的氧气

如今在哪里？哽塞了。

去走走吧。

有人谈论事情。

有人根本不谈。谈话

是这样。这就是谈话。

失眠

从他坐在那里的方式
你能看见他没有入睡。
他的眼不断眨巴着。

他后面一个男人
在用平板电脑阅读,
计算数据。

宽大的窗户旁
一位妇女吃零食
看报纸。

但他的眼睛迷失
在它们自己的不眠轨道里
像太空垃圾一样移动着。

这里没有什么可看的。
没有令人放心的行星
有待发现。

外面在下雨。
城镇挤满了购物者。
街道是深灰色的。

眼里什么也没有
除了恐慌。只有
离开的欲望。

什么都没有发生。
雨继续降落。
人们读和吃。

这里是我们生活的地方。
这里是我们的街道、桌子

和椅子的行星。

这是我们的太空垃圾。
这是我们的冬天天气。
这些是我们的桌子。

殴打

他们在踢他

没有具体原因。

他们只是踢他。

这持续了五分钟,

女孩们站在旁边,观看。

街道很安静。

并不致命。

他受伤不重。

全身没有骨折。

树叶在轻风中

微微旋转翻动。

一辆轿车驶过。

会有瘀伤

可能会有

帮他的警察。

怒气

怒气

——仿波德莱尔[1]

我就像雨国的国王,富有

但膝关节颤抖,小兽和无齿的母狗。

我这辈子都不会和书、诗与弦乐四重奏打交道了:

我已经卖了马,枪杀了家养的宠物。

高兴起来?不可能,棋类游戏令人厌倦

至于在我门前垂死的"人民",

去他们的,去他妈的那个弹吉他的小丑,

当我感到沮丧时他比无用更糟。

看,我在这里,直挺挺地,陷入床里,

女孩们可以进行色情表演,

来女孩继续女孩,没有意义,根本不起作用,

它不会发动这个无用的高级笨蛋。

那个江湖医生给我药片,他知道让贵族

---

[1] 波德莱尔(1821—1867),法国诗人。

松弛的阴茎坚硬起来的戏法，

不妨带来血和罗马浴场，

这类适合那些老年精神变态者。

不妙，我的肌肉、神经和脑袋都死了。

那都是绿色的忘川和血腥的雨。

男孩国王的故事

砍掉他的头,女王尖叫道,还有他的。还有他的。还有那个人的。我不相信头。我不喜欢你的鼻子。

女王身边的男孩拿出弹弓,把那人的鼻子打掉了。这是他在王朝中的第一次行动。

那个人的鼻子所在的位置是一个本应被填补的空缺。没有鼻子的人是一种罪过。女王说。

女王死了。那个没有鼻子的人的头被钉在一根柱子上。现在王国里一切都好了,男孩坐上了王位。

那个没有鼻子的人的鬼魂在宫殿的走廊里徘徊。男孩国王以不亚于叛国罪的罪名逮捕了他。

军队的将军们都有鼻子,但有些人的鼻子比其他人的鼻子大。需要一定程度的一致性。

根据皇家命令,所有将军都被剪掉了鼻子。他们的脸是对男孩国王的一种冒犯。他砍掉了他们的头。

更多鬼魂拥挤在宫殿里。男王将他们逮捕。他的弹弓成了国徽,紫红色的。

人民都饿了,畏缩的信使报告说,男王砍掉了他的鼻子,然后又砍掉了他的头。把它们喂给人民吧,他说。

人民起来反对男孩国王。他将他们逮捕并斩首。我的人民都成了鬼魂,他特意对无人说。

笑声

2015 年 1 月 7 日

于是他们开始杀死笑声。他们穿戴
死亡就像上帝致力于他们独特
而温柔的关心。没有人会再笑了,他们发誓。
但想笑时笑声就出现了,而且很强烈,并不软弱。

认识哈波[①]

与格罗乔交谈

并不容易。他会翻着

他的大眼睛冷笑。

与奇科交谈

也不容易。他的假

口音太明显。

与哈波交谈

就像和一股愤怒的

白色空气交谈。

他们是熟人

[①] 哈波·马克斯(1888—1964),美国喜剧电影演员。

不是人民。我都认识他们
就像死火中的形状。

最重要的是哈波,
充满爆发力,一个极度
贪婪的孩子。

在外面的风暴中
兄弟们被吹向
深谷和公海。

每个人都在风中
四散奔逃。那是战时。
当时是配给制。

恐惧的妹妹,笑声,
你不关心哥哥们
雷鸣般的谈话?

当心那个戴假发的

沉默演讲者。

交叉你的双腿。反击。

在心的国度里

我不记得我是否使我的心处于正确的地方。一个适合万物的地方。

我的心在火车上奔向正确的地方但它会准时到达那里吗?

我的心位于两个地方之一,它们哪个都不正确。

你必须谈论你的心,他们要求。我们将成为它的法官。

他们察看我的嘴但他们寻找的是我的心因此我为他们生产了一颗心。

这是你的心吗? 他们质问。你不想让它躺在那个地方。

我们会指导你把你的心放在正确的地方,他们要求,暗示他们的警棍。

我能够证明我的心在正确的地方。这似乎令他们满意。

我们所有的心都在正确的地方。那里变得拥挤。
太多心在一个地方。我们定位自己遇到麻烦。
我们的心被加入一颗大心。我们的心满得溢出来
我的眼闭上,我的嘴大张着喊叫,我的肝已经丢了,
　但我的心在正确的地方。

极简主义者

极简就是极强烈,一个人说

他的生命被砍小,难得完成,

少许肉块,少许血,一杆枪。

极简很可怕。你砍掉的

部件消失了:没有什么记录

它们痛苦的缺席。没有什么停止或开始。

消除浪费,极简

是剩下之物。你称它为精髓,

但它是最基本的。过度是犯罪。

因此这就是极小。唉,生命短暂。

你不需要成千上万的演员来支持。

削减。放松。它是血。享受这运动。

案件记录

那不是一个男人。
那是个思考的机器
长着眼睛和手指。

看他在工作。
他做的一切都无益。
那些只是词语而已。

词语能转移
悬于一线的重物或转动
门中的钥匙吗?

词语能执行任务
对付雨和云吗?
我们有人对此怀疑。

词语没有实质内容。
它们在街角闲逛,
吓人的影子

在等待某件事情
发生,以便它们可以
像传染病一样传播。

它们占用空气
有用的功能需求。
我们不需要它们。

它们应该让我们随意
在别处在相当遥远的
月亮上娱乐它们自己。

门开着。

外面是光和寂静。

让寂静进来。

当恶人来临……

他们将彬彬有礼
携带徽章的证物
因此你应该认识他们。

他们正是
你期待的人,他们所有
交易的遵奉者。

你可以欢迎他们
用你自己象征的方式,
无论那方式是什么。

你可以咬牙切齿
如果那是你的偏爱。
恶人不会介意。

避免照镜子

是他们的偏爱。他们将

让你内视你自己。

根据他们

由来已久的习惯

他们将是正确的。

他们会造成巨大破坏

然后耸耸肩

为他们所做的一切道歉。

让恶人来临。

他们不能永远站在那里

敲着门。

他们不能帮助他们的国家。

邀请他们进来。让他们坐下。

让他们毁掉你的生活。

你看,那并不难。
恶正是恶之所为。
我们都做这样的事。

伊甸园

我们血液里携带着
陌生。我们是被抛弃者
被逐出我们自己的伊甸园。

伊甸园在别处。
那是它的定义,
他解释,微笑着。

并不是说这有益于我们。
并不是说知道伊甸园
就能使伊甸园变成一个地方。

伊甸园什么也没有
只留下记忆,
记忆并非一个地方。

外面,狂怒。
外面,荒野的暴风雨
和尘土的愤怒。

他微笑着说到这些:
他拒绝安慰
除了通过微笑。

他邀请我们继续
考虑我们的选择,
如果我们有选择权的话。

我们有尘土和微笑。
我们有伊甸园里的愤怒。
这些就是我们的选项。

会有麻烦的,
他说,微笑着。除了微笑

和继续谈话还能做什么?

我们从椅子里起身。
他们端走咖啡。
我们付账,微笑,分开。

在他的微笑里,痛苦。
在他的平静里,不确定。
他手里什么也没有。

微型纪念碑:一种地形学

——献给安塞尔姆·基弗[①]

废墟的地形。一波

草覆盖了一切。我见过

一个女人俯身在一块石头上。

她周围的一切都是绿色的。

愿望是让一切不受影响。

困难在于知道要保存什么。

*

我是一个残骸,一个人说,但不是

用嘴说的。他说话的器官

在哪里?它们已经被吹来的飓风

---

① 安塞尔姆·基弗(1945—),德国画家、雕塑家。德国新表现主义代表人物之一。

破坏了,时热
时冷。太晚了,无法保护
一具边缘磨损的身体。

*

最微小的东西都能打动我。摇动
树叶的雨滴。街上的笑声。
我很容易被取悦。
给我精细的细节,他说,
快乐的微型小说。一列火车
经过。随后的寂静。

*

在他胸口的某个地方
一只乌鸦在呱呱叫。在离他不远的
某个地方,尸体正在腐烂。
世上的一切都在向好的方向发展。

外面的树叶飘起来了。天空正在合拢
围绕着一颗遥远星星上的一棵树。

*

悲伤的地带并没有变得更小。
丛林大火蔓延。死者不断打扰。
在公园里叫喊的人群遇到
在大街上叫喊的人群。叫喊变成了射击。
关掉电影。配乐太闹了。
我们不需要声音。我们不需要彩色电影。

*

但这里有色彩:双手、眼睛和嘴唇,
被放大,就像真的一样,然后消失
在点缀着风景的
污水池中。
  我什么都不说,

嘴说。你太迟了,
眼睛、双手和指尖说。

*

你建造了我们可以居住的废墟。
你把我们的骨头藏在混凝土里。
防空洞就在炸弹里。

这里是我们乘坐的汽车。
这里是街道的遗迹。
一切到此为止。欢迎回家。

醉舟

醉舟

给我带来这个男孩。让我把他变成
一个不耐烦的小神。让他大叫
翻白眼,就像在他自我神化
的梦中,就像在他为自己
营造的火中。让他
在自己的王国里渴望完美。

他肯定会早熟。
他的天赋将是惊人的。他的嘴
将成为炼金术真理的容器。
他的牙齿会燃烧,他的眉毛变成
古老咒语书中的一个字母,超越
诗歌废话的智慧总和。

那紫罗兰色的目光一定会让

所有遇见它的人陶醉。让他
尽情畅饮以满足他的醉舟所需
这样他就可以探索他想象的那片土地上的
异国野蛮人,以及镇定的人
在那里准备接手的所有违禁品。

贫民窟

穷人总是把地方弄得恶臭难闻
所以把富人拉进来,他们的陛下,他的恩典。

门口的脏人带着他们的脏狗睡
在其他门口,四五个躯体堆在一起。

这一切是多么地拿破仑。希望的残骸
体现在光滑的时尚和旧绳索上。

天才小子,我们欢迎你的蔑视。
驱赶恶人,保持粗野。

教训你的主人。引诱他们。向大人物
伸舌头。不要让他们默默无闻。

胡扯

一条锋利的阴茎舌。你扭动它。
你还能用它做什么?
你的舌头有什么用?不要问
因为你已经知道了,不是吗?
这是一条狂野的舌头,就像所有舌头一样
但不是每个人都会舔
进那些角落。

  在郊区某处黑暗的房间里
恶魔们正在互相撕咬对方的舌头。
让我们加入他们吧!让这里不再有舌头
只有他们的房间和住处。

让子弹和大炮来吧,
沿着世界的咽喉长驱直入。

皇家街

任何一条街都可能在醒来时发现自己
被穿戴整齐的恶魔占据。
如魏尔伦和兰波,他们看上去
很纯真,但都很粗野。
两位诗人,一位具有微妙的腐蚀性
另一位具有爆炸性。

欢迎来到伦敦,恶魔们,这是多雷的地盘
划一根火柴就能点燃。
让我们短暂地点燃它,让它成为一个
愤怒的游戏,点燃酒精的火焰。
有时我们需要从内心燃烧。
于是,大火开始了。

在城市里

城市中的一条街道
街道上的一座房子
房子里的一间屋子
门持续开着
场景的中心是
一次会议
在一个可能的城市里
不可能的事
与荒谬相遇
当雨轻轻落下
几乎疲倦
又不乏诱惑
一个男人疲惫地回家
从市场到房门
上楼梯

进房间,在那里

有些东西正在关闭

却依然保持敞开

敞开如阴沟

敞开如非洲

敞开如未来

它是现代的也是垂死的。

在桌子的一角

你甚至不必看这幅画。你看到
他们在那里,青年兰波,头发闪光,
年长的魏尔伦不知何故缩成一团,紧紧握住
他面前的酒杯。这是历史午夜前的
一个瞬间。我们知道这发生在哪里,
我们从一开始就知道。它就在灯光下,
一排庄严的身影坚定地走过
一双无法控制自己认知的眼睛之前。
诗人知道这不完全是一个私人事件
而是向后世推出的一个公共时刻。

如何从已经着火的过去返回?如何从
从一条不会转弯的线中转弯?如何打开骇人的
美进行剖析?某种事物正在我们中间移动。
我们没有看到火的跳跃,但知道它将如何燃烧。

谨慎[1]

我仍然憎恨漂亮的女人,

憎恨押韵的诗句,憎恨谨慎的朋友。

——保罗·魏尔伦《放弃》

憎恨谐音词,也憎恨谨慎,他梦想着

无尽的后宫和物质的天堂

这些都是留给弱者的东西。

他热爱远方,其芬芳足以引诱

他想象黑利阿迦巴鲁斯[2],甚至更多,

肉感的璀璨宝石,一颗光明之山[3]。

---

[1] 这首十四行诗模仿了魏尔伦《放弃》的格式。
[2] 黑利阿迦巴鲁斯(204—222),残忍放荡的罗马皇帝,被禁卫军杀死。
[3] 光明之山(Koh-I-Noor),一颗珍贵钻石的名字。原产于印度,1850年归英国王室所有。

他痛恨谨慎，也不喜欢押韵。
谐音词是给傻瓜用的。于是他私奔了
和一个男孩，就像一个不必付钱的荡妇
他残酷、幼稚、崇高。

除了你可以依赖也值得依赖的母亲的
乳房之外，这是所有孩子想要的东西。
你乘坐女性曲线的华丽之船
直到你的阳具太阳最终沉入西方。

城市快照

1.

总希望能在自己身上打开
另一个洞,好让全新的东西
爬出来,像灵魂一样
在诗的底部燃烧,透过黑如煤炭的
城市的烟雾可以看到
就像一个人可能做的那样充满邪恶
只要有机会,他就让这首诗
若无其事地漫步在绿树成荫的大道上。

2.

十七岁时你的手出汗,令人不快,
一个可怕的东西你必须随身携带

除非你把它塞进口袋里吹口哨,
只要你在吹口哨,几乎什么曲子都可以,
只要你的双手还在口袋里
它们可能保持原样,出汗,令人不快。

3.

进入车站,地面消失了
地球在运动,心灵的巨大引擎
凝聚蒸汽,开始走出城市
进入一个想象的舒适之地
乡村的死角和短视的巷子
迷失在空地中:客栈、乡村池塘,
无论什么你称其为自然,或者是当局
根据强大城市的要求把它定义为自然。

4.

抛开责任,品尝血液中

最后的冬天。我不知道这意味着什么
但我相信它。这就是圣典
指示我们做的。相信吧。所以我们斋戒
或放纵,这并不重要。下一个
你做的事情永远超出你的能力。

5.

歌曲是泼到你脸上的硫酸。它应
让皮肤脱落。油漆剥落,砖块变软。
伦敦是一个熔炉,你在其中融化。
现在就去参观,常来常往。

6.

所有那些无尽的郊区延伸到
顽固的乡村。我们属于
雨天。我们走过挖掘现场。
我们到处与自己冲突。

这些是我们自己的伟大工程。

这是我们生活的地方,陌生而熟悉的空气。

7.

从窗口你可以俯瞰

整条长街。你可以看到

谁走来。你可以坐在窗台上

踢腿。此刻这是城市的

中心,你居住的世界的

核心,但它也是世界的边缘。

8.

黑暗的墙脚下,瘦狗们在搏斗。

我可怜的心在船尾滴血。你注意到

你指尖上的内脏污迹。你修改

你厌恶的文稿。你否认你写的东西。

你成为另一个人,把你的抒情渣滓

留给你堕落的朋友，留给你鄙视的那些人。

9.

记忆记忆，你想要什么？我想起
漫步穿过花园，大公园
在那里，黑鸟的歌声回旋着、跃
入空气中，她洁白的手衬托出
树木的黑暗，而附近的教堂钟声响起
渗入我的存在和死亡。仅此而已。

10.

甜美。甜食太多了。
心，被烟雾覆盖，
离开城市，点燃火柴，
只剩下肉体。
有东西爆裂了。一个纸袋
和生命，从破烂走向破烂。

布鲁诺·舒尔茨,她说

布鲁诺·舒尔茨①，她说

我不再知道
噩梦与梦想之间的
差异，她说。

我在梦中看到的
几乎一切都惊吓我，
她说。太黑了。

最美妙的事情——
天堂敞开的门——
还在黑暗中，她说。

我喜欢

---

① 布鲁诺·舒尔茨（1892—1942），波兰籍犹太作家、画家，死于纳粹枪杀。

在明亮的时刻醒来,
不害怕,她说。

这都是拙劣的模仿,
回声的回声,她说。
我不能直接听到事物。

我见过布鲁诺·舒尔茨。
他睡在我床上,她说,
不过我不能看见他。

舒尔茨只是一个名字
我不能从头脑中驱除
像音乐,她说。

于是她继续谈,
时而改变用词的性别,
向我诉说她的梦。

但我不能说

分歧的是我自己。

我也在做梦。

在这方面

我们是一致的。她继续谈。

这是个长夜。

论天使

在废弃的街道上
充满了盲目的房子,眼睛
是破碎的窗户。

当盲目的窗户
睁开眼睛,它们会看见。
它们的神灵会倾听。

这里是高高的山墙。
天使们来了,所有的眼睛
耳朵和号角。

盲人要睁开
他们的眼睛,哑巴要说话,
吹响号角。

天使降临。

看看那些空地。

瞧,他们正在聚集。

从光秃秃的街道中

出现了瘦瘦的天使

他们一直藏匿着。

他巨大的翅膀

向两边伸展

投下巨大的阴影。

这是我们居住的地方,

街道宣称。这些悲伤的墙

是我们唯一的防御。

无时无刻

没有天使。他们成为

街道呼出的气息。

这是我们居住的地方:
在街道的呼吸中,
在号角声中。

关于弗朗西斯卡·伍德曼[①]的九次沉思

1.

自我常常
蹲在尴尬的位置
以便它可以看见自己。

2.

脆弱,易受伤,
暴露。甚至全身着装
一个人仍是裸体的。

[①] 弗朗西斯卡·伍德曼(1958—1981),美国女摄影师,1981年1月19日跳楼自杀,留下10000多张照片,多为身体自拍照。

3.

形象排练
它的姿势。没有什么
留住一个形象。

4.

裸体成了
辩解。因此
没有什么被解释。

5.

一张张清晰的过塑照片，
凸显清晰身体的空间，
雕塑作为雕塑。

6.

身体作为停帧
动画片。因此帧
停止。因此身体停止。

7.

身体作为裸体。死的
短语聚成话语,
舌头的灵巧语法。

8.

我们从不在我们
可能在的地方。我们是
完全缺席的雕像。

9.

到处都太多了。
万物作为隐喻。
除了这个。不是这个。

就像那个原始的引擎

就像在黑夜的正中心
放置一枚石头,
一轮坚硬无光的太阳。

就像从白天落
入一个未充电的
蓄电池。

就像水平线。
就像切菜板上还活着的鱼。
就像呼吸。就像光。

就像一个平行的
存在。就像另一个。
就像这里的其他东西。

就像梦中的雨
只是缺席。就像雨
在生活中仍在降落。

就像一辆远处的汽车
向你驶来。就像这样。
就像那个原始的引擎。

就像黑暗中的时间
无法察觉,悬而未决。
不确定却清晰。

唱出"就像"是什么。
谈及相似之处。
就像水一样思考。

说到沉默。
谁在认真倾听?

谁回答？谁醒来？

黑夜张开

它的双手，给你一些东西：

朴素语言的天赋。

投币式自动播放点唱机

辛苦一天的夜晚

从第一声和弦里我们听出已失去了什么。
那古老的风景在重新整理它的外衣
而不是掩饰以前的痛苦。
没有什么可以预见。我们已跨越
某道门槛,来到一个我们自己的
地方而非别处。噪声
本身是新的。它炫耀一种新仪态
用新的发型和不同的脸。

我们开始进入一个没有罪过的世界。
如今没有军纪,战争已结束。
我们的父亲变老我们的母亲受伤。
都望着别处。他们建造的一切
如今成了我们的。那古老的规则乱了,
就像我们开始时曾是显而易见的。

梦之岛

在梦之岛上一个长着浓密头发的女人
被两个漂亮的监护人左右守护着。
我陷入爱河。她那稳定的光环
使我着迷。我爱上她的嗓音,
她的眼影,爱上隐含在她光彩里的脆弱。
突然我在一间卧室里,居住人在别处,
真完美,因为完美总出现
在别处,在大街上,在鼻尖上,
在源于嘴唇并超乎自身的嗓音里,
是她的嘴唇令我别无选择
除了爱和欲望。抓住我的
不只是青春而是那梦之岛,失去了
那浓密的头发,逗留在她身边的
温暖呼吸,和她肺部的天鹅绒。

以吻封唇

我们永远美丽。永远。当我们彼此
写信,是我们的美让我们把它写在
纸上,一种由遗忘组成的美。
是美捕获我们,让我们漂流
在我们灾难的如画的大海上。
是美感动我们对抗死水的
潮流,缓缓推开我们
把我们送回海岸。在此我们遇到
我们命运的主人:时间,分离,空间
伴随着不可避免的音乐,电影中
那些迷失的男孩,胸部曲线优美的少女,
舞者的回旋缓缓移向白色的噪声;
手和脸那单纯的悲伤,
封唇之吻的丧失,这长期剧烈的打击。

干草堆中的针 [①]

我们从不太擅长它,
或寻找它,爱通过柔软的臂膀
这自然生成的优点扩展到我们。
然后它运行:那闪光,迷人的
邀请没有发生,我们渴望的一切,
在花园中她身着夏日连衣裙,消失
在室内,待在一扇关闭的门后面,
改变她明亮的装束,穿上
一件适合秋天的羊毛衫。因此别人
仿效他们简单的消失动作,一旦他们
消失,这比从那干草堆中尽力
找一根针更糟。孩子,你像它一样

[①] 题目即"大海捞针"之意,为保持与诗中句子一致,直译。

足够盲目。其余是运气,
但眼看刺痛你自己。你永远不知道。

你已失去那爱的感觉

当那深沉的声音从你心底升起

它如同警告。不要

攻击古巴,错过达拉斯

致命的枪击,观察云的

等待航线,把你成功的秘密

藏在你轮廓鲜明的脸后面。让我们记住

深水区的困境,遵守

共和国的严峻法律。让我们优雅地

穿上悲伤的礼服。是时候了

我们学习对爱的失去作出反应。

这是严肃的时刻。让黑暗像碎石

穿过你的嗓音,让它爬进

它自己的回声。向我们歌唱。等待

你的暗示。现在继续,在为时已晚之前。

照在你身上的疯狂钻石

因此它们闪光,它们中的每一个,
每个疯狂,每人一颗钻石
像万物一样闪光,每个变成他自己眼里的
一线光,深入他们自己夹克的
缎面衬里,这不是梦
只是短暂的健忘,一个虚无
像世上的虚无:阿波利奈尔的带状头饰,
一张星形的,突然的,沉默的怪脸。

他们在那里,似乎永远消失了。
我们在那里看见他们本人
骨瘦如柴的脸,他们的头发在黑色
长河里,他们的眼睛是深深的煤和灰,
这是记忆或它的想象,
我们自己如同光,似乎永远在旋转。

无处可逃

在底特律装配厂,男人在喷漆
而玛莎和少女们到处乱跑,似乎那是
一个游乐场。没有油漆会沾到她身上。
这是一个娱乐公园。没有人投诉
她们,也没有安全问题。
在汽车城工作可以很有趣。元件
飘过去,门,汽车发动机罩,整个过程
随这首歌开始并完成,多合一的场景。
无处可藏,她唱道,但有数不清的地方
可以供一个人藏在后面片刻,
随后一切再次向前移动,经过
上班人的脸,经过少女本人,
我们在这鬼城,准备走
当你离去,整个城市就会消散。

披着狼的衣裳

狼读者

——献给玛丽琳·海克尔[①]

那里有书,书中有狼。
它们在字里行间游荡。它们咆哮着奔跑着
穿过故事,一副脏兮兮的狼模样

后颈毛因此竖起,世界在惊恐中
停下来。她读这些故事,因为她知道
读书的乐趣,因为书页充满了

凶猛的魔力,而她可以发出
这些动物的声音。所以有一天
当老师问是否有谁可以阅读时,

她站了起来,仿佛这个任务就是游戏,

---

① 玛丽琳·海克尔(1942—),美国当代女诗人、翻译家、批评家。

无拘无束地讲起了故事。
故事的主人公是小红帽,大灰狼。

凶猛的是大灰狼游荡的树林。
她通读了一遍,她读了一遍又一遍
仿佛狼是她的梳子。

就像动物园里那些脏兮兮的动物,
被困在栅栏后面一边咆哮一边奔跑
就像你期待的一页纸或一匹狼所做的那样。

天堂花园

1.

所以我必须找到它们:鱼和鸟
在活生生的线条中
世界优雅地纠缠在一起。
这是我用有限的词语储备能做的一切。
我们编织的绳索就是勒死我们的绳索。
我们画的线就是折断我们耐心的线。

是箭和雨向我袭来
像海鸥在碎浪上俯冲,
那纯净水奔流的风景。
我希望我像一棵小树一样笔直。
我希望我像那轻巧的绳索一样紧绷。

我希望它是标记我们坟墓的整齐的针。

2.

看,这些完美的纯净光圈
界定了心灵的空间。看,
那些灰色的弧线,一只稳定的手就可以把握
真正的节奏,它们是如何投掷,飞翔,
再落下。仿佛世界可以折叠
自己,并在空气中留下一道缝隙。

我们通过移动来学习。所以手编织
舞者舞动的奇妙图案。
我们随着血液循环的节奏
流淌。当陡峭的风泛滥时
我们像树叶一样在恐惧中颤抖。
我们是我们的感觉和我们的逻辑证明的。

3.

在我们内层皮肤的褶皱深处,
那些喉腔和唇腔被挤压成
内脏,我们发现了外部世界
失去的新生物:奇特的穿山甲,
古怪的蜂鸟,想象中
所有杂交的品种,拂过

爬过黑暗中的坚硬墙壁。
这就是我们生活的地方。在闪电的照耀下
我们尽力蹒跚而行
在理性留下印记的地形上
我们据此辨认出这个地方是人类的
包括骨头、火石和破布的痕迹。

在动物中间

触摸动物

在你的头脑中。它们向你弯腰

像对待食物一样温柔。

它们拖步前行

从方舟到方舟,顺从得

就像你自己的影子。

你喂养这些生物

用它们激发的怜悯,

你想象中的部落。

家猫

它的身体缠绕着你

住在你的喉咙里。

你喂养的驯服的狗

是你的四肢

和你抬起的头。

还有你眼中所有的

野兽。你睡觉时

会怎么处理它们?

这是你童年的

长颈鹿毛绒玩具和长脖子。

这是它淡淡的微笑。

这是笼中的鸟

你花了那么多时间与它说话。

它现在会回嘴吗?

你身体里的居民

聚集在一起

成群结队来听你说话。

你现在会说什么?
你的语言已经失灵
你的眼睛也失了神?

生物构建了你。
世界把你置于
它的古怪之谜。

现在,你拆开了
夜晚。现在你把黑暗
召唤到它巨大的狗窝里。

你的领地
挤满了动物
它们各行其道。

看你的动物们,

身体之书说。

与你的部落交谈。

体内的动物

仿佛我正试图爬进它的眼睛
或嘴巴,这只住在我体内的动物,
仿佛我能让自己大吃一惊

让我的身体摆脱我看不见的东西。
如果我的动物园开放,提供可以免费
展出的动物

那是因为我已屈服于它们的天性
我们是一体的,而且一直都是如此。
我甚至继承了它们的一些更好的特色:

我透视万物的眼睛,我的嘴里可以流淌
我熟悉的语言。公众可以探索
我们的栖息地,知道他们不能知道的事

即使没有坦率的展示。但我仍想要更多,
我想要会说话的野兽,那颗突然引发此类关注的
头脑,不知怎的却忽略了

应该属于意识的
最基本的东西,我拥有的那种意识。
我是一个空洞之物,我的身体却充满了

存在,和那种让我紧张的感觉
奇怪的是尽管我穿着衣服却赤身裸体,因为
这是公共场合,我穿得很少。

我的动物和我在一起。我看着它们的爪子
轻轻划过地板,尽可能用柔软的
缩回的爪子轻柔地进入我的身体。

它们的沉默坐在我的体内,它们将语言
称为刺耳的嘈杂声,这已经解决了某种

意义,但缺乏一本可靠的字典。

我迷失了。这个我们,这个我们,这个和平王国的奇怪伪装即将结束。
我应该说些什么,却无可辩护。

布莱克[①] 歌谣

[①] 布莱克(1757—1827),英国诗人、版画家。

跳蚤的幽灵

请丢勒①的犀牛和布莱克的跳蚤来订购。
让动物通过眼睛进入这个王国
　　　　　并存留在头脑中。
想象是可行的。去那里。
住在漫长而不舒适的幽灵之夜的
　　　　　丛林里。

活着的万物皆神圣。被猛击的苍蝇
继续在玻璃杯中嗡嗡叫,用它的马达
　　　奔跑。这肉体的
机器开始运转如影像进入
它的洞。在闹鬼的羊圈里
小羊羔和狮子躺在一起。

---

① 丢勒(1471—1528),德国画家。

跳蚤的幽灵是天堂里的幽灵。

神圣的空间由人居住。神秘的
    梦

持续到白天。我们将成为先知。我们

将和我们的幽灵生活在一起。我们创造了它们
   如今它们和我们睡在一起。

跳蚤来到这里,从一张床跳到另一张床。这里

是进入羊圈的犀牛。
   有人叫它们回家

让它们跳舞穿过神圣的明亮

书页。我们用限制性条款欢迎它们。
   它们是我们的孩子。

阿尔比恩的女儿之幻象 ①

你柔软的美国平原是我的,你的北和南也是我的

因此这是关于女儿和她柔软的平原
与传统种类的其他柔软
据书上所写,它放火烧了特洛伊和平原。

毕竟,她是一个产生于窗帘褶皱的色情形象,
被一个青年人关闭在他的卧室中。他的枕头
沉默,而他的思想燃遍丰富的褶皱。

在别处,纱窗上,在完整的实时活动中,她的身体
以多种方式被有效利用,通过寻求越来越多的多

---

① 本题原为布莱克长诗《先知书》中一首诗的名字。阿尔比恩,英格兰或不列颠的雅称。本诗每节的第一行与第三行押词。

样性。
身体很快会被烧掉,除非它被有效利用。

这就是美国,一个被某些人发现的新大陆,尽管对那些
住在当地的人来说足够老,先锋精神大声反对
禁欲和极其刻薄的报酬。没有什么是足够的。

巨大欢乐的子宫朝它自己打开。世界进入
它的欢乐,伴随着可怕黑暗的宗教热情。
欢乐的女儿热情款待任何形式的暴力进入。

从北,从南,他们来到,盖上他们的印章。他们到来
在欲望涌动的时刻,那无休止地反复出现的时刻。他们渴望
并出现,他们登场,他们来了又去,去了又来。

平原在燃烧。女儿燃烧。那青年随他肺部火焰里的

窗帘

燃烧。恐怖在门口观察。他们的商店

在燃烧。他们狂热的欲望是窗帘褶皱里的祸根。

保姆之歌

当孩子们的声音在绿草地上被听到时 [1]

夜的露水凝结。
房屋安静。外出
太晚了。天空悬在我们之上
像一座纪念碑的重量。

然后是一个孩子的声音
清澈如天空,纯粹如鸟
在它黑暗的巢中。这发生之物的
简短歌谣。这词语。

---

[1] 引自布莱克同名诗《保姆之歌》。

病玫瑰

哦玫瑰你病了! ①

有相思病和胃病,
但为何生病?
为何它看不见?为何玫瑰
会死,似乎爱情是毒药?

我的欢乐是深红色的,玫瑰回答,
但随后来了暴风雨。我的床
不是玫瑰的床。病
在土壤和空气中。

为何要问虫子?为何

---

① 引自布莱克同名诗《病玫瑰》。

把玫瑰的遭遇归咎于爱情?

然后一阵大风摇撼

花瓣。然后是渴望。

对《地狱的格言》的九条注释 [1]

把爱水的人浸在河里

在死人的骨头上驾驶你的马车和犁

他驾驶马车很熟练,犁沟
随天使的血液和人的血液而奔跑。
他认为地里的石头很碍事
但它是骨头,干枯的骨头。

过度之路通向智慧之宫

这是智慧之宫。注意大理石
楼梯和从伊斯法罕掠夺的精美地毯。

---

[1] 《地狱的格言》为布莱克的作品。诗题下那句也是其中的一条格言。

这是总统套房。过渡之路

通向这里。不需要地图。你有地址。

谨慎是一个被无能求婚的富有而丑陋的老处女

我认识谨慎。她曾

很美,如今恶劣似地狱。

我并非完全无能

而是大致如此,并会做得很好。

匮乏之年促成度量衡

把你的供品献在这里作为慈善行为。

我们活在匮乏或节衣缩食里。

伸手掏腰包。它不会损害你

实现些许个人的价值。

监狱用法律的石头建成,妓院用宗教的砖头建成

我们的先知要求我们遮住你的脖子
但让我们更进一步把你的鼻子和眼睛也遮起来
以免产生丝毫的调情欲望。
在家里盲人将快乐地掀起那裙子。

一个思想,充满无限

这是你一直思考的方式,似乎狂怒是一种思想。
这就是宇宙,我们做出牺牲而获得的无限。

愤怒的老虎比教导的马更聪明

巴黎的兴奋日子和在平时课程上
所有那些教导老虎的马。
智慧是枪或者是这些燃烧的眼睛。
现在模仿智者的动作吧!

诅咒,促使振作:祝福导致放松

冷静,你做得很好。让我们看看你微笑的脸。
放松,亲爱的灵魂。松开。解开这些讨厌的箍子。

宁可扼杀一个摇篮中的婴儿,也不哺育未实现的欲望

现在并不缺乏被扼杀的婴儿。
仔细想想,很少有匮乏的情况。
欲望必须做开路先锋,我们必须跟随。
我们从婴儿期就是性感的。从出生时。

求偶

求偶

羽毛的一个梦,
鸟蛋和翅膀的另一个梦,
鸟巢的另一个梦。

飞行的一些梦,
从地面升起一两英寸的
一些梦。

在天地间
令人眩晕的空气中
表演的仪式。

动作的无限
谨慎,相关的
盘旋,欲望

和成为,
空气的垂直上升,
靠在它上面。

这就是爱燃烧的方式,
在它的羽毛里闪光,
期待降落?

会有一个
几乎永恒的着陆,
爪子和羽毛的

一些鸣叫或扭打
在树枝里凝视的小嘴,
然后是飞翔的冲动?

我们已听见它们悲鸣,
隐藏在树里,一个颤音

或遥远的啼啭声。

打开空气
会有翅膀的拍打声,
每片羽毛落下来。

论美

我不知道如何对待美,对待卷曲的

嘴唇,精致的骨骼,翘起的手腕,

对待那种被抛入一个我没有权力去的

地方的突然感觉,似乎生存

在那片土地上会被禁止,只允许

一瞥,那么如何对待它?我们已错过

回家的末班车。我们已与人群分离。

精神随肉体移动。头脑

从它失重的梦中苏醒。高天的云

将它自身变成幻想。这是

一种让我们无法呼吸的行为。我醒来。我缺乏完美。

我是那种让手颤抖的事物的追随者。

现在就走。现在要在虚构的成为中找到一条路。我知道我快死了，我的时间充满了阴影，而且没有任何保护。

她告诉我什么是美

很难失去美,
她说,她说这些话时
很美。

后来就不一样
了,她说。虽然我们说
它是,但并非如此。

这让我很烦恼
哪怕只是一瞬间,
她补充道。多么悲哀,

想想,
所有那些逐渐消失的事物,
所有消失的软实力。

于是她沉思

迷失在她美丽的骨骼里，

她美丽的嘴唇

在动，说这些话时

运动的嘴唇，

美到了极致。

但那也许就是

美，失去它

就在失去之前，

每一个瞬间，

她说，深吸了一口

丰沛的空气，

空气美好，

就在那一瞬间，
就在那时。

魔幻现实主义

当她伸开手,蝴蝶从她掌心
浮现。这是第一章。
在第二章她在谈蝴蝶。
在第三章她的眼睑在蝴蝶上张开。
很快她会变成一只蝴蝶
因为这是故事,由蝴蝶造成的
自我背后的故事。
    但它是一个真实的自我,
蝴蝶也是真实的,那里有硫黄,
逗号,橙尖粉蝶,孔雀和赤蛱蝶
所有这些都像红纹丽蛱蝶一样真实,
小铜币,冬青蓝和灰色的弄蝶。
深蓝色真实如翅上有细纹的蝶,
紫红色的伯爵樱桃,河鳟,豹纹蝶,
它们中的每一个都真实如她自身

当她用真实的名字和她丈夫结婚时
以致真实会变成存在,
就像它肯定会做的那样,走下真实的街道
走向真实的房子带着真实的孩子,他们的真实存在
在他们自身成为现实时变得越来越真实。

因此这个故事开始了,我可以给你细节
有时间有地点,包括蝴蝶,
天空和她指甲的名字
正如它们的开端之书中所写的
它真实如任何可以
形成章节的东西,并被诉诸言词
用所有这些在她双手中的蝴蝶,
她的这些手,她的掌心,她的嘴唇,她的眼睛。

银色

1.

它在光线中不断变化,就像这些东西一样,
从珍珠色到紫丁香色,再到
几乎深不见底的模糊事物。
我曾梦见过它,就像一个人梦见
从窗户或高台阶上跌入洪水:
彩色的黑暗,河岸的细节,地址,
所有记忆都消失了。现在它是月光的
声音,一个嗓音在呼唤的边缘
却存在。于是,月亮出现了
银色的包装,悲伤的形状,
太耀眼了,而她变暗的空脸
以近乎优雅的怜悯观察这个世界。

她吸引住我们的眼睛,然后停下来,迅速剪断
变成更多的黑暗,仍然模糊,仍然短暂。

2.

你不要招惹月亮。这样的符号会造成
复仇、造访、从你血管里
吸血。洪水中的月亮
就是你母亲认为她是的事物。不要说
月亮,或她的坏话。那银箔
并不像它看起来那样。多少个不眠之夜
你在一轮满月下度过?那满月促使
你的神经熔化,整个天空沸腾。
如果她愿意,让她吝啬点吧。让她
从她的星空马车上呼唤。让她抱怨
然后消失在你体内。吞下她
就像冰冷的牛奶或白垩汁。那白色的污点
在你的额头上,它是永久的,无论它
在日光下看起来多么小,现在你只能靠自己了。

在旅馆房间里

在旅馆房间里,在昏暗灯光中,穿着黑色衬裙,
她在柔和的光里来来回回地转头。
都太脆弱了:黑暗,她嘴唇的模糊曲线,
她头发倾斜的发型,因为无人知道
走廊的强光何时会突然射入
那无比柔软的空间并证明空间是幻觉。

无论他的手还是先亮起的床头灯
确定她摸起来像什么,这种幻象的时刻
很罕见,伴随着从最小可能中的突然盛开。

同时存在于黑暗与光明里是难的,
被庇护然而易受伤,时而坚硬时而脆弱,
成为自我建构与机遇的主体。

万物都保持静止，同时也在飞行。

爱与肌肤。爱与神经。爱，时间，和夜晚。

无意中听到

那天晚上,我花了最后五分钱给史蒂夫打电话。
盒子是空的,只有几张普通的卡片
宣传夜间的常规服务。
人活着就是为了这种小恩小惠,这种回报。
人活着就是为了在夜里使袖子保持宽松。

史蒂夫,我说,下来吧。没关系。
这里没有人可以说话,只是在排队
等着看演出,门一开,
他们就走了。只有我和你。
我们会讲道理,有感情,有礼貌。

星星相撞,一颗颗碎裂。
现在街上空无一人。我已经看过演出
还不错。下一个街区

有一家像样的酒吧。我看到车灯闪烁
然后消失。没什么可做的。

所以史蒂夫下来了,不是很远,
然后像往常一样开始下雨。
我感到喉咙照例发紧。
那时还是老样子。
我们以前就是这样。现在也是。

那我们谈谈吧,你和我,就像背书一样。
让我们重复那些话,走过昔日的那些门
仿佛它们不存在,雨也不存在。
这些街道和酒吧是我们熟悉的海岸。
但我们现在就走吧,史蒂夫。去拿你的外套。

迂回

——献给凯瑟琳·玛丽丝

迂回,迂回,在他称为空虚的状态里

他悲痛并谨慎地闷闷不乐着,那空虚在迂回,

既存在又有冷酷而微弱的淡紫色虚无,就像一扇
　　窗户

他陷入这样的情绪:悲痛,闷闷不乐。

但这种情绪,这种不明智的情绪是他失败的原因,
　　大约他认为

并且说,是的,说得很清楚,同时以他习惯的方式

靠在吧台上。正是他的这种说法

让他无助,无助而迂回地沿着吧台移动

当他说话时,吧台晃来晃去,超越了……好吧,

长长的绿色吧台的某种不适,沿着它的金属表面

和他用的词语,继续迂回而且谨慎,

闷闷不乐的确切形象,他杯中液体的颜色

甚至那时就消失了。

非法:梦幻的故事

——通过阿图尔·施尼茨勒 [①]

1.

嘴是残酷的但眼是睁开的。

嘴说话时眼醉了。

手在别处忙它们自己的事。

这是事情发生的方式。

这是黎明破晓的方式。

这是夜。这里是环绕的空气。

2.

走在夜里你瞥见小腿肚

[①] 阿图尔·施尼茨勒(1862—1931),奥地利作家、医生。《梦幻的故事》是他1926年的作品。

突然你离开,乘一辆四轮马车
和它的一群幻影去那座
着了魔的公馆。你婚姻已失败,
你不得不创建另一个你
来抗衡。你不是你更好的另一半。

3.

谁不曾梦到一个超越临时的
王国,一个地下区域,在那里事情
永远处于悬浮状态?清晨你
醒来,它就在你眼前,疼痛
并非纯粹的光,在那里没有什么歌唱,
在那里你触摸世界它却不回应。

4.

你的贪婪用双关语出卖了你
你外出带一把军刀,害怕枪。

你的自尊在变弱,振作起来!
你凝视一次求偶但它是强奸。

你既是你的自我又是语言的
口误,一条没有嘴唇的舌头。

5.

你可以翻转表格并从各个角度看它。①
它似乎完美,不是吗?
你可以把你的感觉包含在它
里面。现在什么在困扰你?它
是什么?它不让你睡觉?你很热?它
是正常的。触摸你自己。你已赢得它。

---

① 此诗每行均以 it 结尾。

6.

我们曾更深入地探究心灵。考虑[①]
证词。这是脆弱的时刻。人行道
发出爆裂声,墙壁脆弱。你无心
谈起。你还坚持谈到心?
你可真诚地想象人行道
在你脚下? 难道不该重新考虑?

7.

那地方像语言一样疯了。你不断听到的
噪声是什么? 人们在谈话? 咖啡馆是
交谈的嘈杂声? 那是从你嘴里浮现的
陈词? 你不断吹出的那种泡泡
是什么? 使你恼怒并使你快乐的

[①] 此诗押词,与《黄色房间》类似:所押之词分别是 consider(考虑)与 reconsider(重新考虑),pavement(人行道)与 pavement(人行道),heart(心)与 heart(心)。

话？你好吗？你有麻烦吗？

8.

人人突然都很性感。当你在一个
潮湿的夜晚身体不舒服时，异性
是你梦想的某种东西。性引擎总是
巡游大街，它只需要燃料。
你看你的手指在动，你的思想却迷失
在一条死胡同。这并非你的错。它复杂。

9.

我已受够了礼仪，他宣称并做了
一个粗暴的动作，她挥动优雅的手
把它阻止。她触摸他身上的某处。
她应摘下那面具。他已耍过
手腕，现在让她耍她的。在半睡半醒时
不得不玩这个游戏，这不公平。

10.

没有激情的行动。将你冷酷的欲望
移入齿轮。易受月亮或代替
月亮的事物感染。背叛你许诺保守的
秘密。信任达成冰与火
协议的手指感。
让你的眼睛游移,但闭上你的嘴。

11.

躺在那个沙发上和我说话。
告诉我你想要的任何事物。我在听。
你不认识我,我也不需要你的名字。
让你的思想漫游野性的黑暗。感受自由
来发誓。那是你的汗水在黑暗中
闪光吗?那影子是你的羞愧吗?

12.

该收起你一直在穿的
制服了。你是个医生吗?
那是你的等级吗?这些是你重要的
器官?这是你的城市。这里是你欲望的
街道平面图。这里是你一直积蓄的
激情的猛烈暴风雨。给它起个题目吧。

施尼茨勒的箴言

1.

交谈就是谈判。达成交易
走你的路。不给上诉留理由。

2.

天真是一种唠叨的形式。失去
悲情,但要谨慎你的选择。

3.

甜蜜的年轻身体。看它们如何
在苍穹下旋转。放大并溶解。

4.

残酷最终是不可避免的。
曾经的情人决不会成为朋友。

5.

种什么因得什么果。
你脸的另一面。你的眼睛。那鼻子。

6.

愤世嫉俗？我？那是我扬起的眉毛？
当然不是。只是我看得眼花了。

7.

你更喜欢欲望？或称它肉欲？
我称它晕眩，或寻常的厌恶。

8.

让我们打破界限。还是让我们
去公园漫步谈谈你的灵魂。

9.

我喜欢箴言胜过大礼帽。我宁愿
不谨慎。或许是皮革。或毛皮。

10.

我要去睡了。我不会梦见光
我头脑里从无黑夜。

焦虑

鬼火

清晨。光
犹豫。在门下
一条细光

等待进入
房间像个鬼,悄悄地,
穿着淡灰的衣服

移动,在白昼的
时光之间漂移,似乎清晨
还不稳定。

我们要带我们自己
去哪里?时光会完成
什么

在我们醒来

变成自己之前?有些事物

在清晨和它的结局

之间到来。

我们眼睛半闭,醒来

但反应迟钝。

鬼为天启

做好准备了吗?他们会

告诉我们一切吗?

每天对它自己

是新的,不受干扰,清楚

它的未来?

鬼生气吗?

他们安于只是徘徊的

命运吗?

有些东西欢迎白昼
和它所有的鬼,开门
让光溜达进来。

论迷失

> *让我们迷失吧——切特·贝克* [①]

你在镜中看起来
很迷茫,你的手
在你的脸前面?

在宇宙中
有那么多物体
失去自我。

让我们从工作开始。
你花费时光做的事
已变成什么?

比方说一匹斑马

[①] 切特·贝克(1929—1988),美国爵士歌手。

或某个异国的物种

从梦中把你唤醒。

一只狼蛛

慢慢走它的路

爬过你的梦的地板。

这也是你的工作。

这些失去的时光是你的生物

必须注意。

检查你的时光之书。

漫步穿过迷失动物的

日历。

它们使这些脸

从镜中浮现——

你的脸在它们中间?

你和生物

住在同一面镜子里。

你们都来来去去。

没有人为你说话。

调整你的脸然后继续。

一个你就够了。

甚至这些虚弱的手

就生成在一个如今

已消失的宇宙里。

在火车窗口

在火车的某个地方
有一张你的脸
掠过影子在移动。

在窗户那边
另一个自我。在它那边
更多,还有更多。

每个窗户的
每个映象提供
可能:

一个人可能成为一切
但现在不会。那种悲哀
和那种淡漠。

和影子一起生活
是个奇迹,在鬼窗里
观看它们。

这里是我们所在的地方,
就在这里,伴随我们所有的脸。
我们还会在别的地方吗?

在任何地方
都足够好。每个窗户
和每张脸。然而奇怪。

在鬼自身那边,
是鬼的军队;虚弱的主人
穿着苍白的制服。

最奇怪的是,影子的
这个主人,这支军队

不断移动。

然后到达

轨道上的一个地方,发现

似乎从未失去。

火车头转向

有时梦境
不得不停下但同时夜
继续做梦。

醒来后
仍然浮现梦的主题,
很低的水平线

移入齿轮,
火车头颤动着进入
一个清醒的清晨。

在封闭的眼睑下面
眼睛开始
在喝醉的眼窝里旋转。

器官发出噼啪声
进入一种不同的节奏,
一切都在晃动,

肉体携带
自身向前。时间开始了,
醒来看到新秩序。

但什么都没有变化。
梦携带着深水炸弹
在空壳里等待,

那躯壳在黑暗中
等待去壳。窗户
开向日光

日光并不射入
房间,房间还是黑暗,

还是夜的躯体。

如何处置夜,
处置残余物,处置梦,
肉体,日子?

如何处置它?
如何处置这些问题?
如何处置回答?

命名和羞辱

我们熟悉的怀疑,
不安跟随我们
像焦虑。

它们是家养的
动物。这里是慢跑
在我们身后的狗,

这瞥视窗户的
小猫,这站在高枝
上的乌鸦。

无论我们去哪里
它们跟随。有些我们看不见,
像夜深人静时

缓缓穿过院子的
家鼠,在潮湿木头上
跳踢踏舞的甲壳虫

但我们知道它们的名字
我们叫它们就像它们
反过来会叫我们。

名字很多
但我们不断发明更多,
似乎动物

在繁殖。
因此不安,因此
焦虑,

因此怀疑
我们发明的一切名字

是对不可命名之物的

一个目录，
似乎命名是安慰
和平，或者美。

树叶

我坐在人群中,
观看摇摆的人影
当风移动时,

坐在他们中
似乎我不属于
树叶和云。

什么把他们带到这里,
像树叶扫着粗糙的木桩?
此刻什么把我们分开?

谁是这些人,
这些树叶,和那些在无名
暴动中磨损的云?

这里是它们的秋天
和它们的冬天,和云
我看着它们悠然飘过。

这里是肉体。
假定有一阵激烈的风
这里是它们飞过的尘土。

假定那激烈的风
当它们刚刮起时
就急忙撤退消失。

我们活在人群中
并随云移动。树叶
在我们脚边旋转。

我们在一起
我们不能帮它。座位

是空的,树叶被风吹动。

这是我们自己的尘土。
这是叶间风
它也移动云。

玻璃

风突然停止。
云不知所措地盘旋。
光没有变化。

某些未确认的事物
滑入真空,
不是风不是光,

但它并非事情的
新状态。在我们的感觉中
没有什么变化。

有时一片薄
玻璃被插入。清晰,
安静,完美,

没有什么写在那里，
它只是出现
没有什么意义

而且没有什么变化
或许除了它
被隐隐注意到的在场，

一种关于云
或光的不安，
运动的缺乏。

就像这样，
似乎历史已停止
呼吸或失明

当它有时确实
忘记如何呼吸和观看

只有安静

弥漫在我们所在的地方,
在此类事物中间,
或许是尽头。

萨福变奏曲

午夜

月亮和

昴宿星团① 都消失了。

时间嘀嗒流逝。这里是沙发。

这里是我。

*

月亮

不断消失

午夜,昴宿星团……

再次

---

① 昴宿星团,是离地球最近,也是最亮的星团之一,通常有七颗亮星,因此又被称为七姐妹星团。在中国被认为是七仙女的化身。

独自面对时间和那张该死的床。

*

昂宿星团
在哪里?
消失了,和月亮一起。
午夜时分,一个人躺在床上
陪伴时间。

*

已经很晚了。
已经过了午夜。
月亮在哪里消失了?
昂宿星团呢?现在几点了?
谁在那里?

*

总是
太迟了。月亮
和昴宿星团消失了。
午夜。辗转难眠。再次上床。
独自一人。

*

午夜
来来去去。月亮
爬升又消逝。昴宿星团
失踪了,但床
还在。

*

悲伤。
孤独。月亮

和昴宿星团
消失在午夜。亲爱的床,
时间都去哪儿了?

*

欲望
不让我休息。
它吞噬了月亮
和昴星团。午夜。该
睡觉了。

*

一个人
午夜过后,
没有月亮
和昴宿星团,只剩下一张床
和欲望。

*

时间不断
变换。月亮离去
昴宿星团跟随。
很快就只剩下床和我了。午夜。
渴望。

焦虑感,它从未完全消失

——献给伊莱恩·范斯坦 [①]

焦虑感,它从未完全消失,
无论你怎么打扮,无论你干什么,
无论在机智或清醒方面多么有名,

无论在成人社会多么得到认可,
无论你看起来多么鹤立鸡群,
焦虑感,它从未完全消失。

生活丰富多样,你的位置在哪里?
你站在镜中,你看透了,看透了,
忘了你所有的机智,忘了你的清醒,

忘了大笔金钱,忘了礼仪,

[①] 伊莱恩·范斯坦(1930—),英国诗人、小说家、剧作家、传记作家、翻译家。

提升无意义,创新无意义,
焦虑感,它从未完全消失。

曾经有一个满嘴虔诚的人,
他说话直到话语听起来不再真实,
无论他怎么用机制和清醒为它们添加调料。

我们不想要战斗,我们不想要暴乱,我们
只想要一瞬清澈的冰蓝,
但我们仍有焦虑感。

它远在我们之外,是我们希望获得
却从未见到的最终安静。
焦虑感从未因你所有杰出的机智,
从未因你所有的清醒而完全消失。

声音

一个声音把自己钓离地板,

另一个在前门按铃,

第三个大喊着胡话。还有更多。

楼梯上老妇的声音,

金发姑娘和三只熊①的声音,

少管闲事的男人的声音。

控制自己像易碎玻璃的声音,

我们在火车上观看它经过的声音,

课堂后面爆发的声音。

夜晚。一群声音。街道

---

① 《金发姑娘和三只熊》,英国童话。

伴着狗和穷人,犬吠和驴叫声和咩咩地叫声,
反复,叫喊,没完没了地重复。

我们听见很低的说话声,
我们不能分辨的熟悉声音,
卡住的声音,一次放手的声音。

放手吧,那声音说。放手是最好的。
零散的对白,偶尔听到的话,演说的声音,
于是和所有其他声音进入夜晚。

黄色房间

1.

已故的父亲,你神秘,渐少返回
的父亲,如今你怎样称量体重,该用什么措施我
检查你,当你真正成为尘土,那只不过 ①
是尘土,并不意味着有一天会凝聚
成复奇点,上面写着名字。

我感觉,关于名字应该有某种可靠的东西,
某种聚集和完整的东西,某种似乎按照约定
把我们带到这里的东西,某种并非从虚无
而是从名字本身产生的东西,在这点上你变成一

---

① 此处用的是词组 nothing but(只不过是)。本诗押的词是 returns(返回)、I(我)、nothing(虚无)、cohere(结合)、name(名字)。另,与 cohere 对应的是 here(这里)。

个我

那个被聚集的整体最终返回这个点。

2.

曾经有一个房间，就像其他任何房间，

适合出生于此或从这里凝视，一个房间半暗，

半是抑制不住的光。有人可能躺在房里 ①

或坐在桌边，参与行动和思考，

住在这个房间，你作为一个自我在此出生。

让我想象那时刻，那瞬间的出生，

被带到一个不特别记得

你特殊时刻的世界，不关心你在那里的位置。

时间开始坍塌：它消失在发霉的黑暗中

---

① 此处的用词是 in it，分别译为"房里"和"那里"。本诗押的词是 room（房间）、darkness（黑暗）、it、thinking、born（出生）。另，与 thinking（思考）对应的是 thinking of（记得）。

它等待并充满这房间每个秘密的角落。

3.

椅子和沙发和照片和餐柜和清晨。门
开着。清晨的噪声是车轮，钟声和叫喊。
街道就是这一条。房屋，许多
封闭宇宙中的一个，在时间中飞速后退就像你向
　　前冲。
你刚好准时到达，正值时间在关闭，

关闭与坍塌，正如门自身在关闭。
绝不会有另一次机会可以盼望。①
正是在这一点上你成了许多
人。我努力从所有这些别人的叫喊中识别你的叫喊，
但所有的都是门，到如今它是关闭的门。

---

① 此处用的是词组 look forward to，与第一节第四行最后的单词 forward（向前）呼应。

4.

我什么都不理解。
      我无迹可循。

当树叶靠墙移动时，它没有语言。

  当太阳照射树叶这是无声的感叹。

我无意中听到的 都不完整，树叶的舌头 花朵
   张开的嘴。

事情发生了。它们成排站立。它们形成整齐的行列。
 它们饥饿。
没有语言我就不能拆开线索。我需要理解
    线索是什么 语言是什么。

这些诗行被一阵狂风吹得满页都是。
   我必须整理它们。

5.

这些诗节是封闭的房间逐渐包围它们自己
用坚硬的内心之门。我进入,激起一阵风,
扇起报纸的角,那位读者
站起身,或扬眉毛,简单地签到 ①
进来,然后返回他正在读的

那篇迷人的文章,在给定的空间里
他本人变成一篇文章,而我不确定如何记录
他的,或你的到场,我的病人,伟大的读者。
我们相遇的门似乎允许一阵风。
关闭的门一定在打开它们自己。

---

① 此处的用词是 register,有签到(第一节)、记录(第二节)等不同的意思。

6.

听,你听见大海了吗?我也不能,[1]
除了在这个窄缝里,当它从门
下流淌。海滨道路在街道下面,风在增强
像被打扰了阅读的读者。大海
漆黑如夜,咸如你的肺

你站在那里凝望,你的肺
里充满大海的空气。你和大海
交流,因此你入睡,苏醒,每天清晨
继续起床。因此你必定开门
倾听这个问题。我在哪里?我是谁?

---

[1] 此处用的是倒装句 Neither can I,最后一句也是,Who am I。译成汉语无法把 I 固定在句尾。第三个押韵词 rising 有增强(第一节)、起床(第二节)等不同的意思。

7.

因此你躺在床上,一如从前,无助而难堪
如一则传闻,一行完美,长者们来到 [①]
这里,老人带着他们的礼物:糖果和蛋糕,
他们融化的祭品,和一股跟随
他们的微黄臭味,这没有什么羞耻的,

它既不脏也不湿,而是向下通到
一个就像这样的地方,那是黄色的,那里必定遵循
老人不会告诉你的内情,那里没有蛋糕
而是一种微黄的光,对这房间,对这房屋,
整个城市已变成某种不能简化的难堪。

[①] 此处的用词是 come,有来到(第一节)、变成(第二节)等不同的意思。第四个押韵词是 follow,有跟随(第一节)、随后发生(第二节)等不同的意思。

8.

从稀薄的空气中

        用魔术变出身体就像它们

    出现已成定局

如此这般

        它来自稀薄的血

    来自你受困的房间的窗户

听　你听到了什么

        什么建造　什么

    成长的特质

下降和

        有自己身体的雨

    伴随祈祷的大地

搬来那把椅子，坐在上面，静静握住

感受雨的

　　重量　房间的面积

这里是地毯，这里是餐柜

　　　这里是桌子

　　这里是窗户还有那里，门。

9.

确定之物是恐惧。平凡之物是沉默。
鬼魂从黄色房间
的门浮现又立即消失，从记忆
中逐渐褪色，当他们进入火车或砖厂，
黑暗的走廊空荡荡，河流充满冰。

这是走廊的文本。这是沉默
只能从眼睛背面读到。这是平凡的房间
一个人紧抓又失去，它几乎不是记忆，
更是和黑暗的隐喻的约会

以及透过浮冰瞥见的死者的嘴唇。①

10.

这是鳄鱼街,这里的阁楼②
被错觉占据,月亮在天窗中
圆满的露齿而笑是一支将自己滴
成曲线的蜡烛。想象的野生动物
栖息在你床上,变成你,亲爱的父亲。

这是街道上的房间,每个死去的父亲
在想象的仪式后继续活着。
这是蜡丑化夜晚的房间,滴
下热胎膜,月亮只是幽灵的露齿而笑
它属于阁楼里的野生动物。

---

① 最后两行中的 dark(黑暗)与 ice(冰)难以放在句尾。
② 本诗押的词分别是 attic(阁楼)、grin(露齿而笑)、dripping(滴)、imagination(想象)、father(父亲)。

11.

要是我们不能从阁楼出现会怎样？要是我们睡的床
只是中转站会怎样？要是门打开
让死亡像夜访者——未通知，冷漠，[①]
傲慢，穿制服，不可更改——进来会怎样？要是我
　　们梦见我们自己
变成这样，变成无限脆弱的尸体会怎样？

这是尸体住过的房间和床。
这是一张照片，题写着"只是我们自己"。
这是让寒冷进来的窗户。
那时发生了什么，当窗户大开？
那时发生了什么，当那具尸体还活在床上？

---

① cold 有冷漠（第一节）、寒冷（第二节）等不同的意思。本诗押的词依次是 bed（床）、open（开）、cold、ourselves（我们自己）、corpse（尸体）。

12.

我们能否分辨虚实
　　我怀疑它,除非凝视这新
　　　　雪,并考虑把手
　　看成一个隐喻

　　为什么?有形状
就有它的意义,寒冷
　　只是一部分意义,光
　　只是一部分光,我们试图拆散它,追溯我们可怜的
　　　　脚步返回它们的源头
　　它们的核心飘浮在雪中的你面前

对失踪的鸟来说,这是隐喻但真实
　　　　它们不访问那令它们致死的东西
　　　　被驱赶的雪

但谁在进行驱赶，父亲，你可明白
　　　你可明白这隐喻如何产生作用
　　　　它产生了什么，它为何产生

因为我不明白，亲爱的父亲，我在猜
　一如既往，猜寒冷和雪的
　　感觉，雪中有你的
　　　某些东西？被埋葬，你的手
　　长着它们作为隐喻的冰的手指

13.

当我想象你是个男孩我看见我自己
类似于你的一个自我。我们相似
在我们历史的房间里，我们瞥见
那乌云密布的天空，透过类似的房间

的窗户,一切成为临时的避难所 [①]

想象在其中偶尔躲避
带着她的妹妹,焦虑,共享双人房间
在一个提供天空下的一切的旅馆里,
始终如一,处处相似
在它们的镜中我有时瞥见我自己。

14.

你把车停在街上,来到前门。
你转动钥匙,进入走廊,取下你的帽子。
外面仍是一个帽子和安静西装
的世界,在安静的大衣下面。你的领带也很安静。
它似乎担心打扰这个世界,太多

[①] 此处的用词是 shelters,有避难所(第一节)和躲避(第二节)等不同的意思。此诗第三行押的词是 sky(天空),难以固定到句尾。

需要应付,那成为一种可怕的太多
在诸事的中心。因此最好安静。
战争之间的安静。办公室里的安静。西装
从相似的布料裁下。你脸上的帽子
的毛毡,你的嘴像一扇半闭的门。

15.

没有什么历史不是秘密的历史。
没有什么呼吸不是公共的呼吸。
你是一个有感觉的人,那神话似的零
这个地球不断产生。你的天性是奔波。①
你是所有官方事物中的小差错。

我这样给你命名是为了公开,
使你被记录在册。我会驾驶
一艘牢固的轮船。看这里是我的签名:零。

---

① 此处用的是词组 on the run(奔波),在下一节中,run 的意思是"驾驶"。下行的 official(官方的)难以放在句尾。

我是这条船的船长尼莫,我正式
把他称为历史的活生生的房客。

16.

把灵魂看成
　　一个配备钥匙的小房间
　　窗户部分地开着,只有这样我们才能呼吸。
街上的人群就是我们自己,
　　　我们的密谋者同行反对密谋者

　　　你观看一个执行任务的男人　你注意
当他投入工作时那种专心　你观看
一个女人,她待在白天太阳强烈反光的办公室里
　　　直到它向夜晚
　　　　　　　暗下来

　　　神经中　狂热的结
　　统统浮起　额头后的鞭打　光

在吹拂

  穿过街道进入房屋
房间—椅子—凳子—桌子—长沙发—床
  宇宙的悲伤家具

与生俱来的权力。

17.

总是在房间里,从不启程
上街,下到码头去上
那条等待的船,它在等你。
我们到了,这里是防波堤,水
嘶嘶响并膨胀因为巨大的饥饿。

很可能房间充满了饥饿。
很可能你的玻璃杯倒满了水。

很可能外面只有一个你

等着被充满。因此你登上

那条船,它永远在启程。

18.

这里是一个地方,它已被锉小 ①

变成最好的细节,你告诉我

这是任何地方,我回答那是对的

但坚持认为这个领域很普通

那是它自己特殊的地方,精确而完美。

并不是说任何特殊的地方都堪称完美。

我的父亲,你也很普通。

我们不是任何人的挑选,也不是

---

① 此处用的词组 filed down(锉小)和 getting down(写下)。此外,true 有"正确"(第一节)和"真实"(第二节)两个意思。第二个押词 me(我)也不能放在对应的位置。

上帝告诫我的话的真实的残留痕迹。

听,爸爸,我在写下真理。

灾区：洪水

事件

现在天色已晚
身体的重量
随着时间的重量而增加。

身体的重量,
存在的重量,死亡空间的重量
在脑里在心中。

每一天都在增加它自己
时间的货物,它的富裕
被仔细清空。

因此,一个下午
提升自身,并扩展
它巨大的胸膛。

雨水开始

它纤细手指般的

精致的晚间音乐会。

巨树们

如群马奔腾,外面的光

照射进来。

树叶颤抖

纵情飞舞。

风在飘飞。

甚至小溪

似乎也决心屈服

匆匆离去。

如果我们是水

我们可能不做什么?

我们可能不渴望什么?

事件影响我们。
所以才有窗帘,台灯,
入口和夜晚。

进入我们的血流,
树、风、河、雨、窗。
减轻我们的身体。

汹涌

当风停息
大海涨潮。所以陆地下降
海水上升。

脆弱的海岸
碎裂,就像大海会碎裂一样,
不断碎裂。

我们是灾难
在我们自己海岸的边缘上,
梦想与觉醒。

关于我们,没有什么
是永久的。如果大海可以碎裂
海岸和悬崖也会碎裂。

大海的思想

是一种上升的形式。天空

在高耸的水上。

教堂伴着它的赞美诗。

水手伴着他们的棚屋。

沙子伴着它的漂移。

在每一个音调里

都有水的确定,

风的呼啸。

潮水逼近

咽喉。波涛汹涌。

可恶的乌云。

我们梦见开始

和结束。一切都在移动

按照自己的节奏。

长远就是此刻。
大海不断翻滚
进入现在。

倾听天气

忽然间话语涌现
从水渠进入花园
淋得湿透,听不见。

树和灌木丛都在
倾听飙升的雷声
的原始音。

湖紧张地听着
在湖面上蔓延的
光的话语。

整个世界都在倾听,
田野在准备它们的音符
迎接光明的未来。

但当狂风
怒吼清晰地对着雨的
喧嚣时,雨也听到了。

而当田野说话时
水和天空咆哮着
空气,就是意义。

人们在测量
潮汐,校准损失
以码和英里为单位。

有了这些数据
再正确排列出来,处理
成整洁的饼状图。

语言是努力的结果。
天空想说什么就说什么

用它姿态和变化的

黑暗语法。
我们相互矛盾
但都渴望阳光。

雨伞

对你说话的事物
没有家。它们只是到达
就像路过一样。

昨天什么都没有。
前天,什么都没有。
没有什么是正常的。

巨大的暴风雨。吹走
整条街的狂风
以前什么都不是。

然后你就在那里,湿透了。
挣扎着对抗
超越你的事物的狂暴。

我看着一个女人
回到大风中,她脱手的
雨伞在旋转。

有那么一瞬间
她琢磨是否应该追
赶它,然后耸耸肩

面对大风
她必须这样做。看那里!一座房子
被吹离原地在飘浮。

苦难
从别处开始。昨天什么都没有。
事情就是这样。

对你说话的事物
来了又走了。它们留下

它们的过往。

它们在这里,在你体内。
它们没有家。它们必须住
在它们可以住的地方。而且住下了。

但是

头脑中的某个东西
已经改变方向。它
向后跑,就像他刚刚梦到的

那条街。时间
在这里毫无意义。它是空间的
另一个名字。

一种可以穿行的空气。
也许它是死亡。也许
它只是影子。

但是被打开的事物
对死亡来说太亮了。影子
是它产生的东西。

那是大海,明亮得
如同阳光下的锡盘,
酒窝般凹陷,闪闪发光。

而这是一条街道
大海在远处的尽头。
这是清澈的光。

这是醒来
每个人都会醒来,在光中
没有时间,在空间中,

在宇宙中
所有的维度,没有时钟。
所有的海洋,没有海岸。

这些都是临时的
解决办法,他说,只是

通往睡眠之路的笔记。

但是睡眠已经消失

藏在自己的袖子里。没有答案

只有街道和大海。

残骸

到残骸那里去
房子下面的废墟。
根据它们的尺寸

你会认出
你曾经熟悉的房间。
熟悉之物

躲避你。把它们
逐一走遍。到
最狭窄的空间去

注意到令人眩晕的
天花板的高度。你怎么了?
这是你的房子。

但不,它从来都不是
这样的。这种认出
是假的。这里没有什么

是熟悉的。只有
记忆创造的空间
在陌生的结构中

它可以像这样
或那样,就像你认识的那些人一样,
就像你认识自己一样。

而在大街上
残缺的人坚持流露出
同样忧虑地认出

表情。
这就是你的平行生活。

你的纸张,

你的钢笔和铅笔,
留在桌上的食物
你要么吃下要么死去。

新洗物之梦

吹翻
栅栏和倒置树木的大风
已被遗忘。

脑中没有巨大的
噪声。我们没有听到什么
打扰我们的梦。

有的事物被解除了
回忆的任务。
让我更新,它唱道。

于是我们让它焕然一新
并评论说,一场恶风
把自己吹走了。

看这洗涤物,
我们说,看它多么安静,
床单直直地垂下来。

往事从它身上滴落;
风不再吹皱
干净的衬衫袖子,很快

我们会把它们收进来,
熨烫,然后把它们放回
阴凉的柜子里。

现在一切都会好起来
如同承诺的那样,而且每次
都会得到承诺。

新洗的衣物
在新风的吹拂下

以一种微妙的新方式运动。

一小时的阳光
洒满旧房间。一朵白云
造就整个天气。

自由的数学

——献给丹尼斯·加博尔[①]

[①] 丹尼斯·加博尔(1900—1979),英国籍匈牙利裔物理学家。因发明全息摄影获得1971年的诺贝尔物理学奖。

全息图 [1]

此刻我不在任何地方,既不在这里也不在那里

因此你看见你面前的人是另一个。

我是个复合人。我根本不在那里,

尽管曾有一个那里

并不属于幻象。

围着我行走。现在你看见我了?我就在那里

在玻璃内,玻璃本身在那里

并不作为地点或事物,纯粹作为一个形象。

这是你看到的生活。这是我微微发光的形象。

我似乎一直在那里

好像是永远的,你可以直接围着我

行走,似乎空间里的那个抽象是我。

---

[1] 此诗句末的押韵词是由 there(那里)、another(另一个)、illusion(幻象)、image(形象)、me(我)、other(别的)反复交替组成的。

我们长期不在任何地方。如果这是我
和你说话，你会知道我在那里
然而不同的是，用我的另一个名字。
我们交换位置。你一定会找到我
像我一样难以捉摸，另一个也会如此。
我是你眼里的光束。那孩子是
无拘无束的我。和你谈话的那人是我
作为一个幻象。现实就是幻象。
这也是不真实的。现象是幻象。
我是实有事物的科学家
却研究缺失的事物。我是窗口里
风的形象。我是光自身的形象。

但是看，这个世界可以被视为形象
然而有适用于你和我的规律。
我表明我自己。我只是我看到的形象，
我自己的自我成为在这里
被拍照的形象。我的父母在那里

梳理我的头发打扮我。我的形象

是他们塑造的。我就是他们的形象。

尽管我是另一个孩子,

一个镜中的形象本身就是另一个。

我被衍射,被折射。我成了一个

镜中的形象,镜子是幻象。

镜中的一切都是幻象。

家具、衣服的现实:幻象。

我们是奇观。我的数字是真实

力量的形象,它对幻象起作用。

生活被设计得超出了现象的

微弱幻象。穿大衣的那个男人是我。

此刻和你谈话的男人不是幻象。

这是我嗓音的全息图。幻象

返回萦绕我们俩因为你在那里

在镜中的我旁边,镜子一度

在你面前那不是幻象。

我的身体可能是其他的力量。

我的心灵和头脑坚持成为那另一个。

生来这样或那样,我们通过空间
进入彼此试图将感觉作为幻象。
在成为另一个的范围内,这个嗓音是什么?
它是由头脑产生的吗?头脑是另一个,
幻象的形式?我们死后成为形象。
我,像你一样,被困于别的事物,
一个现象只是被作为另一个提出,
我的嗓音也变化,在我不能理解的
形象的沉默里,它是我的痕迹。
打开激光束。借给我另一个
时刻。现在让我们的两个形象在此相遇。
进入这时刻。只为在那里待上一瞬。

既不在这里也不在那里的感觉
并不重要,也不成为一个我,
是我们宣称一个人只充当一个形象。

亲爱的,和我进入这真实的幻象,
成为奇观并仍是另一个。

自由的定义

亚伯拉罕·林肯九十年前说的话仍然正确,"这个世界从未对自由这个词做出恰当的定义"。
——丹尼斯与安德烈·加博尔[①]:《统计学的自由概念及其对社会流动的应用》

你看见那个沿着小巷摇摇晃晃地走
在雨中没穿外套的男人了吗?我称他自由。
自由就是这样。小河滚动着
流过建筑物。是嘴在运动和
说话。是泛滥在证明
潮流。自由是在我桌子上
燃烧的蜡烛,我的脉搏,和三分律。
是每周的任何一天除了礼拜天。

[①] 安德烈·加博尔,是丹尼斯的弟弟。他和丹尼斯在不同的英国大学工作,两人经常通信并共同撰写论文。

如何表达这一点?如何描述

界定我们的那些限度?让我从碗里

取出这个橘子。让我在夜晚

来临之前想象夜晚。让我写下

你的号码。让帝王获得王冠。

让上帝的母亲仍是处女。

我们假定法律是美丽的,

一个我们可以限定的我们。

界限是我们能做的最好东西。感受

那瘦孩子的手。数数他的骨头。

我们拥有镜子可以照出的正常体形。

你比以前的你快乐两倍吗?

那孩子病了吗?那孩子的家庭穷吗?

考虑这小昆虫脆弱的翅膀。

考虑风。听房子

承载着重负的叹息。召唤真实。

因此他努力挣脱自己的皮肤。

我们如此努力尝试。他聪明

却挨饿。他观察垂死的

腐败政治。他能在牙齿上清点它们。

这是我们想要的自由。这是棺材上的

花圈。这是我们的数学。

确实,这是试验的意义。

这里是雨。这里是你的外套。进来吧。

零钱[①]

但是,如果我们把社会作为一个整体来看,新的问题就会出现,因为如果产量因口味的转变而改变,价格就不会保持不变。处理这个问题的一个方法是使货币表面弯曲。
——《备忘录,自由理论》《给安德烈·加博尔的信》

他弯曲手掌,以便接受
我们零钱的祝福。
结果是,瞬间的释放:零钱。

[①] 零钱(small change),又有小变化的意思。

牛肉

一般来说，我可能更喜欢鸡肉而不是牛肉，但在只吃鸡肉的几个月后，我必须吃点牛肉来改变一下——否则我的满意度会下降到一个较低的水平。自由概念最重要的一个方面似乎就在于此：如果人能改变自己的消费模式，他通常会更快乐。当然，如果考虑的时期足够长，让每个实际行使的选择至少发生一次，就有可能淹没这种效应，比如说，以年为单位，将消费模式描述为300份鸡肉和64份牛肉。
——《备忘录，自由理论》《给安德烈·加博尔的信》

黄油山！葡萄酒湖！牛肉的乱葬岗！
鸡的种族灭绝！草地的破坏
在一个人的一生中。让我们不要忘记悲伤大陆
上生活着不同阶层的穷人。

在每个自由里，都有另一个自由。在每个太阳里
另一个太阳更巨大，更炙热，巨大到无法计算。
天空随时可能坍塌，世界随时可能毁灭
而所有的自由都等待得太久，姗姗来迟。

营养价值

在引入营养价值的客观衡量标准之前,没有可以评判饮食的共同基础,在发现热的力?量?可测量方法之前,只能通过多数人的投票来决定一个房间是热还是冷。
——丹尼斯与安德烈·加博尔:《统计学的自由概念及其对社会流动的应用》

看看经济。看看它的可容忍限度。
你在其中有一定的行动自由。
如果我是年轻人,我会有多种选择。
如果我是街上的人群,我会有几种声音。

你有你的人行道,我有我的。
它不需要让我们称为智能设计的理论,
让我们每个人都成为整体中的一块石板,

假定我们称为"灵魂"的东西有价值。

我引用几个资料结束这个简短的演讲。
既然你有一牧场的马,为什么要开一辆旧车?
既然你有这么多,为什么要停在零,停在一呢?
现在我可以自由地回答问题,如果有问题的话。

永恒

"如果我们说在牙医的候诊室里度过的一小时就像永恒,我们既承认了对时间可以客观测量,也承认了它无法考虑到伴随的情况。"
——丹尼斯与安德烈·加博尔:《统计学的自由概念及其对社会流动的应用》

是自由使她的渴望复原。
她会复原自己重新开始
知道什么会来。她会沿
这条街走下去知道什么在等她。

她走在自己的美丽空间里。她说话
用在她精致的喉咙里发育成熟的嗓音
像一朵花向她的嘴唇流出香气
在词语呈现意义和空间荡起波纹之前。

她的脸在变老。她的体重在增加
或减少。她的眼睛变得更大。
它们占用了多少空间！多少空间成为
它们的一部分！她能感到她的身体

向前移入时间就像沿街
走向她并不渴望遇到的未来。

仪器 [1]

由于我们是在接受对时间、距离、热量、重量、压力等客观测量中成长起来的,如果仪器测量的结果与我们的主观印象不符,我们认为指责仪器没有什么意义,不如说是我们的感官欺骗了我们。

——丹尼斯与安德烈·加博尔:《统计学的自由概念及其对社会流动的应用》

1.

如果我们计算时只能用度数

---

[1] 本诗采用的是回声式押词法。每首诗均四节,每节均三行。其中第一行与第十二行最后一个词相同,第二行与第十一行最后一个词相同。第三行与第十行最后一个词相同。第四行与第九行最后一个词相同。第五行与第八行最后一个词相同。第六行与第七行最后一个词相同。汉译后大多无法体现这个规律。

或通过某个绝妙的洛可可式方程
其中的基数不能被拿走。

我们有小时、分钟、秒,还有生命。
我们意识到我们算错了。
我们做出选择。我们本可以选择得更好。

忏悔!抽象!难道还有什么好
过这两只手的总和,在我们的生活中
随心所欲运动的手?

我可以在时间流逝中数着分钟。
我可以减去一个小时的乏味的方程。
手在空间中以分钟和度数移动。

2.

她在给我量体温。她的手
放在我的额头上。我快三岁了,

很幸运,据统计,我还活着。

一两度的差异就够了。
早一两分钟或晚一两分钟。
你的号码随时都可能出现。

我坐在你身边。你醒来
我已在那里几小时。比我想象的晚
得多。人们犯了错误。

那时我已筋疲力尽,死凌驾于生。
我又看了看表。凌晨已过三点。
现在也很晚了。给我你的手。

3.

他试着拉了拉小提琴。它很贵
但声音空洞。它缺乏共鸣,
那种丰富的音腹。它不能叹息

仿佛它只是在数着小节
等待上帝降临,当上帝降临时
他通过耳朵进入,发出的叹息像音乐。

我的脖子细长,我的肚子饱满。我的音乐
就是我的身体。没有人来
我这里假装神圣。我的酒吧

是锁着的。一毫米,林中风的
一声微弱叹息就是我的共鸣。
语言很便宜。自由才昂贵。

光的全息图

他已经太真实了。这个过程产生的图像
是一个答案的影子。
在杀戮开始之前,他就离开了自己的家。

他的数学知识超越了边界。他陷入
一种尚未形成风格却在成长的语言。
同时,数字仍是严格的数字。

如何成为另一个人?如何解决一个
能够解决的问题?如何塑造一个人物
可以在肉体和神经上取得平衡?

一切总是太过真实,让人不安。
未来在队列中等待,他的和别人的
队伍一直延伸到此刻的深处。

设计世界!让它运转起来!

把巧妙变成安慰!

外面有足够的真理提供数据支持。

与此同时,天空陡然漆黑。与此同时,哭泣的

雨,皮肤下的雷声,死亡的方程式

众所周知。与此同时,这个世界,它的形象和它
的光。

灾区：失联者

灾区

没有已知的原因
它发生了,似乎原因
并不重要,

因为没有原因
堪称真正充分的原因。
因此当它发生时

天空表现得
很荒谬
他们不能领会这一点,

不是通过密集的云,
不是通过夜的覆盖
不是通过那个瞬间。

因为一个瞬间

绝不只是一个瞬间

而是一个结果

那是完美,

那是明亮的天空

异常清晰

那是解决。

这些是我们完美的尸体

团结在一起

根据肉体、

骨头和理性的规则,

他们说并相信

而在他们的尸体里

灾难的原因

引发了它们自身的原因

一架低飞的飞机

在天空某处
咕噜咕噜地响着穿过云和光,飞机
彼此谈话。

在咽喉底部
语言是什么,
那种深埋的咆哮?

它何时进入
胃的飞机库,
它如何停在那里?

从根本不存在的地方
飞机出现。天空
因它们突然出现而破裂。

我努力倾听
这潜台词,这喧闹的
膨胀语言,

低飞的感觉,
它将密集的空气
压成液体形状。

然后飞机飞走
但事情已变化。舌头,
耳朵,死一样寂静的声音。

飞机跑道

一缕缕，一串串，丝带，系带，

毛细血管，灯丝，

纤细的网……

有些事物让我们

保持紧张。在众多形象中

寻找它，

不能持久

而且不可思议，

那里只剩下

一缕缕，一条条和其他形状，

一道明亮的闪光

在紧闭的眼睛下，

还有更多形象,
然后是这样:一架飞机
牢固如地球

和宇宙的
神经网络中
一个微弱的信号,

一阵恐惧的痉挛,
一次突然的消失,
一堆破碎的纤维板

似乎在飞行中
它会从头盖骨爆裂,着陆,
安放它满满的货物

在因缺失而加重的
想象的

脆弱跑道上。

它是缺失之物
连同跑道。
它是货物。

失联者

失联者在哪里,
我们问,看,他们在
书页里。

别人拿着书页。
他们似乎并未失联。
他们就站在那里。

我们多少人
已经消失,只留下一张脸
或一段说明?

比方说在下雨
人们匆匆忙忙
不想停下。

比方说商店要关门
那些脸折叠收起。
失联者消失

在他们自己别处的
版本里，那里另一场雨
正在降落，柔软

如生长的黑暗
我们变成它的一部分
轻轻地踩着。

我们走过
留下脚印
但几乎没有接触地面。

我们已出卖通行证
连同淋得湿透的证件。

我们已出卖我们自己。

失联者在这里。
我们在他们中间清点我们的人数。
我们保存着我们的证件。

挽歌

有时你看到它
蜷缩在紧闭的眼
角里。

它不是请求
而是陈述。眼睛一旦
闭上就会停止说话。

有些事物已熄灭,
有些困扰自己的事物
正在消失。

我们有针对
这种事物的语法。我们阅读
向后的未来

进入现在
就像它以惊人的速度
冲向我们。

它又来了,
你的死回头看你
比以往更小,

它的消失点
停留在另一个人
刚闭上的眼睛里。

太远的一瞬
已是一生。
其中是虚无。

既然眼睛已闭上
这种陈述还不确定

悬在空中。

所有标点符号
都是终结。每只闭上的眼睛
完成一次判决。

单数

我们所有单数的
声音被加入消失的
合唱队。

我们不是我们自己。
我们是单一的身体
因此我们消失了。

它是单一的
恐惧,不可分割。
我们不能认识它。

行星在那边
清点它们自己。它们的眼睛
望着别处。

那边的恐惧

发生在我们内心

各自承受。

我们以前都梦到过

它。它很寻常。

它是连接我们的东西。

我们联合起来

在我们的奇点,

我们的梦和垂死。

我们一直梦见

这种共性,

这疯狂的单数。

因此当水

上涨,风聚集

我们把它称为梦。

风和我们
一起在哀号。我也在和别人
一起在哀号像合唱。

我们不能使我们自己悲伤。
水和风将不得不
为我们悲伤。

退格键

1.

无论什么凝结
在晴空一旦失联
就会像我们一样消失

2.

只是消失
无法容忍。天空
并不完全消失。

3.

任何删除

都是一种否定。空白的天空
并不否认我们。

4.

我们不能理解
我们消失的宇宙,
我们和时间的契约。

5.

从历史中被
删除就是被从时间中
分离。

6.

有些东西删除我们,
按退格键。我们坠落

在存在之外。

7.

它是对记忆的
冒犯。它是死亡
却没有死亡名单。

8.

至少让我们看看
这份名单,我们的名字
已被从名单中删除。

9.

让我们从天空
公正地读我们自己。
我们确实曾事关重大。

10.

因为我们重要,

不是吗?我们是物质。

我们不可能消失。

货物

想想被淹没的东西
塞满大海,像潮湿山脉
一样上升。

聚集这水,
像货物一样压紧,被淹没的东西
未列表公布就消失了。

大海多么深,
多么凶猛冷酷,不被
它的历史烦扰。

我们有历史
我们把悲伤淹没在历史里
像淹没在盐水里。

我们不理解
大海死亡的方式。
我们在希望中启程。

如今我们躺下,堆积,
似乎我们有意
成为一体。

但是没有什么意义。
大海并不承载意义。
它只是一个咽喉。

我们也有咽喉
但它们被水、
悲伤和金钱充满。

那些摆渡我们的人
背叛我们。我们不能信任他们

但依赖他们。

你会想起我们
在你个人被淹没的时刻。
你会想起我们。

书

书焦躁不安。
它们怀着冬天的心情,
它们嗓音急切。

书私语的内容
是我们在谈话时
不会提到的。

它们知道更多,猜想更多。
它们去过我们不能去的地方
穿着我们穿的衣服。

当我们安静时
它们心绪不宁。它们听见
我们听不见的东西。

我们打开一页
陷入它冷静的深处
像石头一样下沉。

我们用它们鄙视的陈词
交谈。它们不喜欢我们。
它们会把我们甩掉。

太多发表意见的
声音。太多
迷茫的谈话。

它们在时间里盘旋
像恶兆,它们拍打翅膀,
它们发疯的书页

使天空布满乌云。
它们凝结。它们朝我们

下雨。它们翱翔。

它们是我们骨头里的
黑暗,持续发出
死火般的光芒。

静止

静止

1.

在集市的咖啡馆里一位穿白色 T 恤和牛仔短裤的老头那么瘦小以至他几乎不在那里,他头发稀疏,稳固地坐在金属桌边。他那么安静我以为他是在沉思但当我凝神细看他似乎用右手为左手把脉。接着用左手为右手把脉。每次都是几分钟的绝对静止。然后他合拢双手,掌心向上似乎要接住某种天上之物。从他的表情判断,他看起来很绝望但或许那只是他保持安静的方式。或许这是静止的核心,一刻一刻地捕获它,有意识但无希望地捕获它,就像干旱期之间的雨或雨季之间的干旱时刻。

2.

　　乞丐也是静止的典范。这个乞丐腰弯得如此走样看起来是永久的。他的膝盖高于肩膀，一条腿安着假肢藏在另一条腿下面但不知为何离开地面。他像个谜不管哪个神都尽力解决但都放弃了，扬长而去并忘掉他或留给另一个神去解决。他的凝视固定在地面上或许是地面迷住了他因此他无力抬起眼睛。无论如何这成了僵局：迫移。这种静止本身被遗忘了。他就像他玻璃乞讨罐中那些毫无意义的零钱，其中光是唯一移动的东西。

冰帽 ①

冰封大地。高层住宅区是
严格的十九世纪,仿佛我们可以同时在这里
和那里,被冻成了冰冷的奇迹般的空气。

我们的呼吸充满魔力,宫殿在我们身边冻结。
阳光在冰的皮肤下闪烁。
我们渴望寒冷。我们想要巨大的白裙

雪聚成褶皱,把空气切成片状。
我们是日历、圆圈和季节。我们的脸
是蓝色的,完美的海洋,鼻子是冰山。

带我们过去。对着我们呼吸。完善我们的绝对零度。

---

① 冰帽,一种覆盖型冰川,包括高原冰帽与岛屿冰帽。

用你的独轮车转动生锈的宇宙

让我们把头埋在里面,像一支冰冻的箭。

马格里布 [1]

看,有珍珠般的雨点悬挂滴落

在灰色的光线里。有高墙和燧石的

拳头,以及树叶的绿色手掌

向天空敞开,直到一阵风吹露它们纤细的手腕

它们颤抖着抬起头,灰色的光线依旧。

这正是奇怪之处,在任何地方

有一种熟悉的不可理解性,鸟儿们

熟悉天空,在如家的空气中轻松自如,

然而疯狂或不疯狂,连他们自己都觉得奇怪。

朋友,你坐在桌前,在家里,随身带着

---

[1] 马格里布,位于非洲西北部,包括摩洛哥、阿尔及利亚、突尼斯等国。拉巴特与阿尔及尔分别为摩洛哥与阿尔及利亚的首都。

你身体的奇特物品,就像我带着我的。

我感到独特的、多重的、不可言喻的各种

语言在脚下变换。对我来说,这些

经过我嘴唇间的名字——阿尔及尔、突尼斯、拉巴特——

就像新衣服,穿上它们我的身体得到了更新。

愿你的新衣服也是我的。愿你脚下的沙漠

在我脚下燃烧。

酒店开业

和弦与装饰音

音乐的建筑:
混凝土、钢铁、玻璃。
木材,令人晕眩的高度。

有时候,骨头在肉体下
嘀咕着。冬天的歌声
透过头发、指甲。

是什么像这样锯开了
骨头?什么是
破坏与重建的音乐?

音乐和血。雨
落在骨头的山谷里。
手腕的脉搏。

手指移动

如在空白的空气中弹奏乐谱。

风形成手。

你的手中没有任何东西,

只是,当你张开双手,

音乐飞出。

那勺影子

飞过明亮的地板。

和弦与装饰音。

舒伯特的幽灵

进来了。房子在摇晃。

它会过去。它过去了。

地下的声音:

音乐敲打着死亡与雷声

的节拍。

当最后一声号角
消失时,短暂的寂静
萌芽,歇口气。

盛开

酒店开业
就像一朵花。不,它迸发
进入空中,狂野

如想象的风
驱使它进入生命,
在一个优雅花园

的建筑中
柱子与桥墩组成
户外喷泉。

它渴望天空,并抑制
自身,就像通过根
和茎,然后爆发出来

就像任何东西

移动在两种形式之间时:

一种是被定义的形式

一种是开始时

没有定义

却寻求坚定本质的形式。

这里是风花

它发现自己

在开花。

它正在分崩离析。

它只是维持在一起。

它几乎不存在。

当我们醒来时,光线

将直接看穿我们。我们的眼睛

会注意到奇异的

赤裸之光。

当花被吹开时,

那种爆裂般地盛开让我们快乐。

南方

南方的玫瑰
华尔兹舞曲,雷鸣般
奔腾的波尔卡舞曲……

像你放在我手上的
手或你朝一个锁着的房间
说的话

它们是记忆
以自己的产品为食,
以自己的背叛为食。

华尔兹舞曲背叛了我们。
波尔卡舞曲随我们而去。
那些喧闹的交响曲

你为之流泪赞美，

它们是无法解释的，

不再是音乐

而是时间的

另一面，在一扇紧闭的门后，

透过墙壁听到的东西。

名义上的声音。

想象中的光辉。

纯粹的方式和光线。

它们把我们抛在后面。

奔腾的马被锁定

在它们的呼吸中

只是雾化了玻璃

透过玻璃我们看到并听到它们。

宏伟的入口

被碎石
和怀旧堵住。南风
继续吹,只有音乐。

芬兰四重奏

什么是音乐
将黑夜编织在一起
像一只小蜘蛛?

它这样那样地
扭动着,如此微妙,
上下穿梭。

你会认为它有
一个议程,一些设计
超越建筑

超越饥饿,
它要实现的一切
就是编织一张网

然后上下
摇动它,坐
在它脆弱的中心。

埃里克·图林博格①,
你纤细的八条腿的
死蜘蛛,

整夜吐丝结网
在当时芬兰
的任何地方,

你是否还在吐丝结网
你死在一条短丝线上,
在网悬挂和摇摆的地方

---

① 埃里克·图林博格(1761—1814),芬兰作曲家。弦乐四重奏是其成熟期的作品。

风还在吹

此时我从不知在哪里

结出的网上醒来?

这是我的早晨

还是你的夜晚? 还是

我们都被缠在这两者之间?

关于照片的笔记

安静的老照片
不会静止不动。
要么它们在动

要么我们在动。它们凝视着
时间,不断惊讶于
它如此安静。

就像我们惊讶于
它动得如此之快,然后停下,
就像他们曾做的那样,

就这样,在我们之间,
一阵急促的吸气声让
这一刻,喘不过气来

就像他们,就像我们

将会如此,仿佛我们失去了

某种重要的东西

我们将不会错过,

就像我们不会

被腾出的瞬间

错过,其意义

在我们面前盘旋,

不完全是图像,

但瞬间

成为一个整体,一个

和我们面前的照片

一样拥挤的整体,它

比我们知道的更古老,空白更少,

不知何故

比我们预期的更好,
更圆润,更灵动,更像我们,
更像万物。

伦勃朗

伦勃朗 ①

衣柜顶上是揉成一团的
纸巾,很像瘦弱的皮肤,
干燥,却很精致。眼睛下面

是眼袋的浅浮雕,噙在眼角的
泪水。清晨你不得不爬进
你的躯体。你不得不露齿而笑

对着空洞的回忆,它似乎
把你的脸分成两半。你看出的
异常迟钝不在那里。无论你眼睛

睁得多大仍是铅灰色的光,死亡的

---

① 伦勃朗(1606—1669),荷兰画家。

手指强力挤压，模糊了你的特征。
在这里你穿着那件不舒服的礼服，

那恶意的环状领擦伤你下巴，毛皮衣服
不再温暖你。完全不舒服！
日子就这样一天天过去，当你微动时

重力把你拉回去。生命太短暂，
黑夜太长，月亮无法攀升。
所有那些天鹅绒！所有无尽等待的

黑暗报告。多么体贴的时间
将你这样裹起来。多么密集
的金色灯泡从鼎盛期衰落。

你变得珍贵了，你的脸被卷
成一份文件。让他把你画成这样。

让他用临终的冷酷爱抚这幅油画。

你擤鼻子。伸出你的脸颊迎接他的吻。

明亮的房间

从躺在那里的方式
很难说它们是手臂
还是棍子。

有时手臂就是棍子
很接近,没有什么区别
只取决于怎么看待它们。

活着
拥有这样的手臂
就像这些可怜的光棍

房间因阳光和白花
以及外面的草坪
而充满活力

在同一个明亮的房间里
仿佛事物可以
同时既生又死?

然后她睁开
眼睛。眨了眨,然后盯着
这个明亮的房间。

如果死亡有这样的手臂
眼睛也不会感到惊讶。
眼睛是死亡缺乏的。

睁开的眼睛就是生命。
注视死亡时,它们会闭上
一刹那

双臂垂下
就像木头上的木棍

你可以用来生火。

因为现在它们是手臂
所以不安定,眼睛因看见
光和花而睁大。

虚无

仍是虚无的
问题,什么都不想要,
什么都不相信,

想到虚无
但虚无的想法消失了,
被吹到稀薄的空气中。

曾是身体,曾是语言,
曾是思想,曾是身体的
欲望,曾是自我。

什么都不记得。
什么都不期待。梦想
虚无。只是沉睡。

确切的空白,
空窗子、门
半开着。

未完成的书
未触及的水杯。
遗弃的事物。

还有表达这些的
词,围绕一个空间
形成的句子,

为自己建造房子
缩减空间。冬天。
记忆中的天空

越来越空白。空白
白纸上的白色空间。

虚无有手吗?

手是这样的吗?
我们什么都不能做吗?
没有手?没有柔软的脚?

景观房

没有去
或返回。窗户
关着,门锁着。

到处是蜘蛛网。
被遗忘的椅子,
空柜子。

心灵的保险库。
是上锁的寂静之地
陪着它的家具?

站在窗前
向外看。你看到了什么?
一个院子。一个花园。

外面
沐浴在清晨的光线中，
猜想的微风。

空气的流动，
想象的光，红叶隐约的
微动。

一个人想象房间
和花园，用光的渴望
充满空旷的院子。

房间外的风景
也属于房间。室外
是室内的一种形式。

被遗忘的椅子，
散发着陈腐气息的厨柜。

简短的尺寸

是家而不是旅馆。
眼睛看到的是舒适。
心在其位,

欲望得到控制。
花园、院子、房间,
都有了着落。

没有必要用钥匙
或用砖头打碎玻璃。
猜想就可以了。

拍摄死亡

室外——在机构的
院子里——鸟儿
在草坪上昂首阔步。

这里有一个喷泉
和长椅,有阴影的桌子,
一个宽敞的停车场。

还有什么能比
死在拍摄现场更好的呢
就像在电影中一样?

这就是我们想象的
成功:安享晚年,
夏天,高云,阳光。

很快,汽车到达

并在入口处停下,

在一小时内离开。

一切都是短暂的

但又是永恒的。窗户

面向短暂的光。

每次呼吸都是它自己的

时钟。每个手指都有它自己的空间。

每个名字都有它的标签。

每种烦人的气味

都有适当的原因,门

打开,涌入新鲜空气。

考虑这些

我们会不会睡着?或觉醒

到它的永恒?

开始拍摄。

打开那个能用的喷泉。

坐下来。给鸟儿起名字。

哀悼：一幅素描

最后我们来到
这样的地方：消失的
公园，拆毁的街道，

精神绝望的
天坑，能使房子
移动的下沉。

描绘城市
就像从一团乱云中
幻化出雷霆。

但到了早上
布局又有了意义
我们就在某处。

在不受欢迎的港口

等待的陌生人

眯起明亮的眼睛。

在巨大的地铁空间里

迷路的旅客

靠在墙上。

站在公共汽车站的孩子们

在一张未绘制的地图上

寻找他们的家。

有一些地图可以行走

迷失在其中,甚至

没有指南针

让城市和公园

待在指定的地方。

让大地坚挺。

黑客帝国重装上阵

当我们梦到死亡时
　　应对它
是美的。

当我们梦到死亡时
　　不是我们自己
在感受它。

我们飞行在死亡之间,飞行在
　　它破败的柱子之间,
穿过

垂死的建筑,迅速地,
　　以子弹的速度,
凝固的画面

一个舞者
　　　持续移动
在它沉默的

轨道上,直到最后
　　　响起震耳欲聋的轰鸣声
我们在那里裂开

并改造成
　　　我们永远的自己,
　　分裂然后融合,

我们的程序仍在运行
　　　仍在处理死亡,
甚至没有擦伤。

只是在等待选择
　　　消失的

时刻,为我们的出现做好准备

就像远方的
星星,
如此灿烂,如此迫近。

分叉的舌头

卡德蒙 ①

我的嘴是空的
当话语流出,轻盈,自由,
响亮,没有阻碍。

我看着它们俯冲
越过屋顶,它们的飞行路径
炫目而确定。

它们多么美!
多么绝妙地掌握着空气
并释放出来!

它们在嗓音和光中

---

① 卡德蒙(610—680),英格兰第一位著名的宗教诗人。

成形。它们是运动的
优雅语言。

如此炫目
我忘了别的一切。
我成为空白,失去重量。

我变成语言,
一张激动的嘴,一种被狂喜驱动的
飞行形式。

我可以写出
这个世界,只是成为
鸟的鸣叫。

我的嘴是空的,
那里什么也没留下
除了一条热舌头。

飞回家吧,亲爱的词语。我嘴里的
鸟巢。我的舌头因渴望你
而热烈。

让我相信你。
把我说成存在。歌唱
房子的爱心。

复调

当他谈话时
另一个声音在他舌下
爬行并停留在那里。

这声音并不奇怪。
藏进他嘴里
它感到很舒服。

当那里有影子的空间时
它蜷曲在那里
像影子的力量在说话。

我的东西没有什么
是奇怪的,他告诉自己。
这也是我的声音。

令人安心的话。
但他嘴里的声音
向一个不同的总谱歌唱。

这是复调，
他争辩但客人的声音
继续歌唱：

我们说的事情
在说它们自己
像它们不得不被说。

凝视这些
在花园里摇摆的花朵，迷失
在它们自己的音乐里。

出于礼貌
他会听并控制

他任性的舌头

但他的嘴充满了
引人入胜的话语鲜花
因此他一直在说。

和警察的一次话语交锋

你把它放哪了,
我指的是黑暗,她质问我,
但我不能回答。

黑暗是个陈词,
我的辩解没有说服力。
只有词语和心态。

那真是聪明的谈话,
尽管不完全虚假,
但它烫伤了我的嘴。

然后我记得
那些装满黑暗的口袋
我不得不掏空。

翻开你的口袋,
那个警察命令。那黑暗,
是你的吗,他质问。

它怎么到了那里?
那警察看了一眼
耸耸肩。它合法,

没有什么重要的。
你拥有毒品
是你自己的事。

谢谢你,警官。
我把我的黑纸条放进口袋
继续走路。

这就是我说的黑暗,

她说。它是你的陈词。

它是你的,它合法。

把它交给我们

我们继续前进。
这是夜晚。穿过田野
我们的腿很累。

思考让我们筋疲力尽
而感觉是一项失败的事业。
时间在与我们作对。

我们曾经拥有身体,
现在却有了这些沉重的肢体
我们必须背负。

现在就把它们抛到后面吧:
身体和心灵,你们仍然
怀有这种怨恨。

在你们到达之前
还有别的东西。土地
先于你们的眼睛。

所有那敞开的空气
已融入你们的肺腑
并要求一个家。

离开它吧。
除了这样的词语
没有什么留给你们。

词语也必须
回归它们来自的土地
重新种植。

你们必须种植你们自己。
你们必须松土下种。

把它交给风。

把它交给我们。

好狗声音

尽管声音中
有很多胡言乱语
还有更多尚未说出。

每个人都在说话。
树在说,草也在说,
都提高了它们的嗓音。

你是怎么说话的,声音?
你不加入嘈杂人声?
你听不见自己的声音吗?

我听得很清楚:
刺耳,口齿不清,
几乎是在嚎叫。

是你在为我

说话吗?一定有人拥有你。

过来声音。好狗。

我不能喂好你吗,

狗声音?你亲爱的主人

不忠吗?

让我们去走走。

一旦人们消失

我将解开你的皮带。

只有你和我

和我们有时都会听见的

那些幽灵的声音。

在狗和声音的阴间

我和它们一起

安家。

躺在我身边,
狗。让我们成为
彼此的伴侣,声音。

一本忧郁的小书

谁蹲下……

谁在过道里蹲下
谁朝着擦伤猫头鹰的天空移动
谁穿过教堂正厅和
在天窗与三拱式拱廊之间波动的空气

谁抱紧坚硬的石头,或跟随
卡昂石的螺旋楼梯
进入库房和观察孔
到一个楼层,悬着 0

一首吹啼呐 [1]

每天早晨他们都在等邮递员。

他们交谈极其焦躁,或者会去溜达溜达,

检查他们的指甲或从壁橱里拿东西。

即使那时壁橱里什么都没有

它消磨了起床与邮递员到来之间的时间

他们听着他的脚步声,听出了他行走

---

[1] 原文为 tritina,试译为"吹啼呐",是一种诗歌形式,由三节同韵三行诗节和一行结句组成,共 10 行。第一节末尾的三个词在后两节变换顺序出现,并在最后一行同时出现。就这首诗而言,三个同韵词是邮递员(postman),溜达(walk),壁橱(cupboard),在第一节它们的顺序是邮递员、溜达、壁橱,在第二节末尾它们的顺序是壁橱、邮递员、行走,在第三节末尾它们的顺序是邮递员、小路、壁橱,在最后一行,它们的顺序是邮递员、走来、壁橱。其中,walk 既可以是名词,也可以是动词,在不同语境中译成了不同的汉语。而且,译成汉语后这些词也未必都能保持在每一行最后的位置。

在碎石路上行走。他们一心只有邮递员。

总是在等待,上山的那条漫长小路。

总是在交谈总是摸壁橱,

似乎邮递员可以直接穿过壁橱走来。

一本忧郁的小书

有某种可以借出自己的忧郁
就像图书馆里的书
似乎在说,借我,我看起来是这样的。

我被分解成一个你从镜中
认出的形象,在一张脸刚转过去之前
就像一双腿,就像一具躺着的尸体。

你说,我是一张未铺好的床,或一堵墙
需要绘画。我很荒凉,
插在坏的线路上,一个遥远的模糊形象。

我是楼梯上的幽灵,是天花板上的玫瑰
并非灯饰。我是被煮后抛弃的

埃格尔斯顿[①]。我说的并非特定的时间。

所有这些事情都提供了一个解决方案。
你的灵魂站在离你几英尺远的地方
并要求一个它自己的房间,有报酬。

忧郁是否有那种在巴洛克式英语里
展示的骨骼?把你的耳朵借给我
以便我把我的状况倒入它里面。

考虑一下世界的现状。它并不
化解为一种形象,如忧郁。
考虑一下死亡,大屠杀。

我把苦难培养成一种耻辱的形象。
可耻的人在操纵
这就是他们向我展示的东西。

---

① 埃格尔斯顿(1939—),美国摄影家。

透过夜里的窗户看看。它是开着的吗?
飘浮的雾气里有什么答案吗?
我们借的东西是可归还的吗?

我就是这样的碎片。我不在形象中
寻求完成。我已经借到了足够的光
可以让我永远持续在这本小小的书里。

一首匈牙利民歌

一只小小鸟最近作为客人来
到我的花园,到我的花园,并已开始筑巢
但我的悲伤如此沉重,遮住了半个太阳
那只小鸟停止建造,它的巢完成了一半。

悦耳的小歌手,承载着我的悲伤,
鸣啾啾,鸣啾啾,带给我一些抚慰。
让我的心和夜的黑帐篷做斗争
用柔和的颤声向我唱出你的愉悦,把我的灵魂带到
　光明。

一张照片

如果有人问我生命是什么,我会说
这就是,明知只有你,却把你
笼罩在光里的脸,读成了所有脸
一张脸被爱时可能意味着什么
凝视世界的黑暗房间
好像那也是生命,光也是仁慈的。

译后记:百变诗人的诗艺剖面图

2016年,应诗人黄礼孩的邀请,我译出了《乔治·西尔泰什诗选》,是为第十一届"诗歌与人·国际诗歌奖"获奖诗人乔治·西尔泰什专门印制的诗集。书的第一页是黄礼孩写的精彩授奖词:"西尔泰什是一个知觉异常灵敏的诗人,他的诗歌诚实、深刻、强烈,回溯着生命无尽的意绪,唤醒命运背后漫长的记忆。从匈牙利到英国,生长地域的改变给他带来写作的契机,他将人生所有的经历进行结构式的精神化书写,有力地维护着心灵的秩序,拓展了文化的想象。四十年来,他出神入化的诗歌写作,抖掉了岁月身上的疼痛和寂灭,展现出生命饱满的成色,闪烁出温暖的光芒。他的诗歌复杂多变,以不同的口吻叙述,仿佛又用多声部在歌唱,意象中的幽暗之弦和光明之线如真实经验与比喻感觉交融,衍生出令人诧异的内在力量。"

在黄礼孩约我译西尔泰什之前,他的作品只有零星的几首汉译,可以说,这位在英国甚至国际上有影响的重要诗人对汉语读者来说几乎还是全新的。除了获得艾略特奖提名的诗《燃烧之书》和《合组歌:坏机器》之外,《乔治·西尔泰什诗选》中的作品均译自其最新诗集《绘制三角洲地图》(血斧版2016)。由于版权问题,只得将前两首诗删除,补译了《绘制三角洲地图》中的其余作品。

西尔泰什是个非常全面的诗人。他诗艺精湛,善于随物赋形,达成诗艺与诗意的平衡;且能广泛呼应纷纭的社会现实与历史文化,力图呈现而不是回避个体与时代的真切遭遇、对峙局面与精神困境,并致力于从日常生活中提炼鲜活复杂的存在感,其博大厚重令我赞赏钦佩。尤其让我吃惊的是风格如此迥异的诗歌竟出自一人之手,堪称百变诗人。

George Szirtes,国内一般译为乔治·基尔泰斯,或乔治·塞尔特斯。但是据维基百科,Szirtes的读音是 /ˈsɜːtɛʃ/,因此我把它译为乔治·西尔泰什。仅就名字来说,乔治·西尔泰什就很有文化意味:George是英语,Szirtes是匈牙利语。这位八岁来到英国的匈牙利难民注定成为沟通英匈文化的诗人。作为翻译家,其主要贡献是把匈牙利语诗歌、小说和剧本译成英语作品。在他的诗歌中,匈牙利也得到了多方位的呈现:他写了匈牙利作曲家巴托克,物理学家丹尼斯·加博尔,并写了《一首匈牙利民歌》。如果说把音乐转化成诗歌并非难事,要把物理写成诗歌就不容易了,《全息图》就是这样一首诗。丹尼斯·加博尔发明了全息摄影,并因此获得1971年的诺贝尔物理学奖。受全息摄影立体性的启示,《全息图》在真实与幻象的背景上探讨了"复合人",即"我"与"另一个我"的关系问题。在这首奇特的诗中,物理被提升到哲学的高度,接近佩索阿的那些思辨诗。西尔泰什还有一首诗《中欧》,匈牙利属于中欧,《中欧》显然是匈牙利的扩大版。这首诗写的是中欧绅士,一个习惯自我标榜其实一无所能的群体。其讽刺品格和批判精神在西尔泰什作品中是突出的。英国诗人则涉及奥登、卡德蒙、伊莱恩·范斯坦等，西尔泰什显然对布莱克情有独钟。从《布莱克歌谣》来看，他简直把布莱克视为导师：根据布莱克的诗写诗，对布莱克的诗进行诗的阐释。此外，西尔泰什的诗中还涉及法国诗人波德莱尔、奥地利作家施尼茨勒、荷兰画家伦勃朗、波兰作家布鲁诺·舒尔茨、美国摄影师弗朗西斯卡·伍德曼、德国雕塑家安塞尔姆·基弗等。作为诗人与画家，西尔泰什与这些不同领域的艺术家产生了深刻的契合。他仿效波德莱尔写的《怒气》如同出自波德莱尔本人之手。由此可说，所谓艺术家就是进入别人更深的人。优秀诗人在书写他人时往往呈现出自我，使不同的人变成同一个人。这不仅适用于艺术家与艺术家之间，也适用于艺术家和普通人之间。从形体来看，《静止》这篇作品更像非诗，不分行，简化标点符号把句子拉长，由此生成地缓重语速和弥漫氛围，致使诗人进入写作对象的程度极深，简直若合一契，堪称自传与他传的混合体。

在我看来，西尔泰什首先是个直面现实的诗人，但他并不拘泥于具体呈现，而是倾向于抽象综合。此类作品有《笑声》《在心的国度里》《当恶人来临……》以及组诗《灾区：失联者》等。前两首体现的是身体控制术，分别涉及对笑声（嘴巴）的禁止和对心的管理。正如诗中所写的，杀死笑声只能得逞于一时，它总会再次响起，将屠杀者挫败。《在心的国度里》堪称西尔泰什的代表作。该诗语句散漫，表达精警，以丰富的想象提醒普遍的现实，以表面的顺从表达了柔韧的批判，在对峙中凸显了自由需求与专制社会的强烈冲突，在貌似荒诞的陈述中传达出令人沉痛的残酷现实。诗中的管理者是"他们"，持警棍的人。在西尔泰什的诗中，警察大体上充当了管理者的角色。《和警察的一次话语交锋》也是如此。不过，在《殴打》中，未曾出现的警察成了被殴打者期待的人。无论如何，警察的形象塑造并强化了公民的合法与非法意识，即允许与禁止的界限。或许只有在这种背景中才能理解《非法：梦幻的故事》。换句话说，梦幻成为进入非法之地的通道，人们之所以进入非法之地，显然是因为那里有更值得一过的生活。然而，《当恶人来临……》分明又动摇了警察与公民之间的界限。大家都讨厌并惧怕恶人,但谁是恶人呢?在公民看来,警察可能是恶人,在警察看来,公民可能是恶人。情况的复杂在于或许无人不是恶人:"恶正是恶之所为。我们都做过这样的事。"在这里,对恶人的批判陡然变成了自我反省。

如果说"恶正是恶之所为"的话,那么是谁制造了灾区呢?不仁的天地,还是创世的上帝?关于灾区,西尔泰什写了两组诗《灾区:失联者》与《灾区:洪水》。当人的敌人不再是人的时候,恶的来临更让人迷惑:"没有已知的原因/它发生了……"灾情发生后,身在灾区的人所能做的只有逃生或者死去:"那是解决。/这些是我们完美的尸体/团结在一起"而灾难的原因从此被密封在尸体里。西尔泰什的这类诗并不具体描写某次灾难,却几乎适用于每次灾难。在灾难此起彼伏的当代社会,它如同提前写好的挽歌,呼应着已经发生并且还会发生的灾难。

从这类直面现实的诗中,不难看出西尔泰什的沉思品格。他有一首诗就叫《关于弗朗西斯卡·伍德曼的九次沉思》。沉思，是西尔泰什诗歌的显著特色，其中不少诗句具有格言般警策的效果。西尔泰什是个具有唯美情结的诗人，在他心目中，美总是与爱以及永恒联系在一起。他这类诗大多具有浓郁诱人的抒情气息。我特别喜欢《以吻封唇》《论美》《在旅馆房间里》和《永恒》这几首。值得注意的是，诗人把美称为"命运的主人"，面对美使他陷入手足无措的紧张处境，而他对美的热爱则常常伴随着爱的打击、丧失与遗忘，这些无疑都是爱的阴影。

> 她走在自己的美丽空间里。她说话
> 用在她精致的喉咙里发育成熟的嗓音
> 像一朵花向她的嘴唇流出香气
> 在词语呈现意义和空间荡起波纹之前。
>
> ……她能感到她的身体

> 向前移入时间就像沿街
>
> 走向她并不渴望遇到的未来。

《永恒》这首诗写得很美,一种自足的美,对称于美与爱的永恒:永恒的美赢得了永恒的爱,而永恒的爱昭示了永恒的美。

在艺术观念上,西尔泰什是清醒的。《魔幻现实主义》与《极简主义者》就是极好的说明:注重抽象、不无魔幻的创作手法,高度凝练的词与物对应。在艺术形式上,西尔泰什属于格律诗人。他既用传统的十四行诗体创作了组诗《绘制三角洲地图》和《投币式自动播放点唱机》这些迷人的作品,也有通过几个词反复押韵编织丰富诗意的作品《全息图》,还有用独特韵律写出的杰作《黄色房间》。这首悼亡父的诗最值得注意的是韵律,而韵律直接对应着诗歌感情的变化。它由18首诗组成,第4、8、12、16首句式散乱,其余14首句式方正,它们分别对应着诗人的痛苦心情,以及对痛苦的克服。其艺术性尤其体现在14首句式方正的诗中,它们结构高度一致：每首诗两节，每节五行，第一节最后一个词在第二节中倒序出现，整首诗形成严格的押韵——押词。因为这些诗押的不仅是相同的韵，而是相同的词：

> 总是在房间里，从不启程
> 上街，下到码头去上
> 那条等待的船，它在等你。
> 我们到了，这里是防波堤，水
> 嘶嘶响并膨胀因为巨大的饥饿。
>
> 很可能房间充满了饥饿。
> 很可能你的玻璃杯倒满了水。
> 很可能外面只有一个你
> 等着被充满。因此你登上
> 那条船，它永远在启程。

Always in the room, never setting forth

into the street, down to the dock and on

to the waiting ship, which is waiting on you.
Here we are, here's the jetty, the water
slurping and swelling with its vast hunger.

It may be that the room is filled with
　hunger.
It may be that your glass is full of water.
It may that out there is only a you
waiting to be filled. And so you step on
to the ship that is for ever setting forth.

这是第17首的译文和原文，第一节各行最后的词分别是"启程"(setting forth)、"上"(on)、"你"(you)、"水"(water)和"饥饿"(hunger)。第二节各行最后仍是这些词，但顺序倒了过来，成了"饥饿"(hunger)、"水"(water)、"你"(you)、"上"(on)和"启程"(setting forth)。这就使本诗获得了严格的秩序，整首诗也因此形成一种层次分明的外包内结构（只有第9首例外，该诗形成的是间隔呼应式结构，第一节各行最后的词是 silence、room、memory、dark、ice，第二节各行最后仍是这些词，而且顺序一致），我把这种充满特殊意味的语言游戏称为镜子式对称，回声式押韵。在我看来，这种韵律结构对应着身在阴间的父亲与身在阳间的儿子，怀念者儿子与病逝者父亲穿越时空的对话，儿子如同父亲无处不在的回声。换言之，这种回声式押韵无时不在暗示这对生死之隔的父子。在我的视野里，这种韵律结构属于首次见到，堪称西尔泰什体！遗憾的是，经过翻译之后，这些原本位于句末的押韵词大多被调整到别处。除了第 14 首和第 17 首之外，其余 12 首均未完全传达这种回声式押韵的特征。对本诗来说，这是巨大的损失。除此之外，书中还有多种富于韵律的诗。在我看来，西尔泰什并非一个满足于用英语写诗的人，更是一位对英语格律有所发展的诗人，甚至可以说是诗歌韵律大师！

西尔泰什信奉极简主义，他力求"消除浪费"，认为"过度是犯罪"。这就保证了他的用词具有中国古诗般的凝练。在形式上，西尔泰什的诗大多分节,每节从两行到六行不等,尤其酷爱三行一节。在写法上,西尔泰什偏爱对话体。他的对话诗当然揭示了对话的可能性,但也显示了对话的限度,所谓的对话有时不免变成分歧、隔膜与独白,如《伊甸园》《布鲁诺·舒尔茨,她说》等。西尔泰什对语言也不乏深度思考,他用诗歌探讨了"陈词"和"复调"这两种语言现象,分别见组诗《为陈词辩护》和《分叉的舌头》。对写实与想象及其变体隐喻与象征的使用与反思也充满诸多篇什。如果说西尔泰什的每首诗都体现了一个维度可能有些夸张,但从以上简单梳理中不难看出西尔泰什诗艺的多样性,这种多样性无疑是诗人创造力的显著标志。

感谢蓝蓝为我推荐出版社,感谢多马出版此书!本书是在乔治·西尔泰什首部汉译诗选基础上完成的《绘制三角洲地图》全译本,鉴于书中最重要的作品是《黄色房间》,因而把它作为书名。极简、超现实、炫技,加上文化差异,致使部分诗篇难以理解。译者在对作品的诗意把握和语调确定方面进行了初步尝试,不妥之处敬请指正。